대통령의
밥상

대통령의 **밥상**

초판 인쇄 2012년 10월 31일
초판 발행 2012년 11월 8일

글쓴이 MBN 〈청와대의 밥상〉 제작팀
펴낸이 조영진
펴낸곳 고래미디어
등록 406-2012-000083호
주소 413-756 경기도 파주시 문발로 115, 302호(문발동 세종출판벤처타운)
전화 031-944-9680
팩스 031-945-9680

ISBN 978-89-969350-1-8 03810

이 도서의 국립중앙도서관 출판시도서목록(CIP)은
e-CIP홈페이지(http://www.nl.go.kr/cip.php)와 국가자료공동목록시스템
(http://www.nl.go.kr/kolisnet)에서 이용하실 수 있습니다.
(CIP제어번호：CIP2012004942)

대통령의 밥상

MBN 〈청와대의 밥상〉 제작팀 지음

고래미디어

part 2 대통령의 생활

대통령의 삶을 안방으로, 책 속으로

2012년 겨울, 우리는 새 대통령을 뽑아야 한다. 물망에 오르고 있는 몇몇의 후보들을 바라보며 과연 누가 차기 대통령이 될 것인지 국민들의 관심이 높다. 우리는 대선이 돌아올 때마다 어떤 대통령을 뽑아야 할지 고민한다. 누가 되어야 하며, 누구는 되어서는 안 된다며 열띤 토론을 하기도 한다. 지난 시절 기대를 채워주지 못하는 대통령을 만나 힘든 시절을 겪었다는 아픔이 반영된 푸념을 하면서 말이다.

대한민국 현대사 65년 동안 10명의 대통령이 있었지만, 국민 모두에게 지지를 받았던 대통령은 없다. 공적인 모습뿐 아니라 개인사를 살펴보아도 평화롭게 말년을 보낸 이가 많지 않다. 그래서 대통령에 대해서는 염려와 부정적인 시각이 자주 회자된다. 특정 대통령의 어떤 부분을 칭찬이라도 하면 제동을 거는 사람들이 꼭 있다.

이와는 대조적으로 대통령에 대해 욕을 하면 쥐도 새도 모르게 끌려가서 고문당하던 시절도 있었다. 그리 오래된 과거도 아니다. 대통령에 대해 입도 뻥끗할 수 없었던 과거를 지나 지금은 서너 명만 모여도 쉽게 대통령에 대해 안주 삼아 떠들 수 있다.

우리는 대통령이라는 직분과 인물에 대해 과연 얼마나 알고 있는 것일까? 우리가 대통령에 대해 얻는 정보는 뉴스와 신문을 통한 그들의 행보일 뿐, 그들 개인의 삶이나 사정에 대해서는 사실 잘 알지 못한다. 대통령은 국가의 얼굴이지만 사생활 노출이 되지 않는 공인 중의 공인이기 때문이다.

"우리나라 역대 대통령의 이름을 알고 있나요?"
"역대 대통령의 재임순서를 말해줄 수 있나요?"

2011년 겨울, MBN(매일방송) 개국 특집 다큐멘터리를 제작하면서 시민들에게 질문을 던졌다. 광화문과 종로 등 서울의 도심에서 백 명 넘게 인터뷰를 했는데, 역대 대통령의 이름과 재임순서를 정확히 아는 사람은 단 한 명이었다. 단 한 명!

65년 동안, 떼려야 뗄 수 없는 관계로 엮여 있었던 것치고는 우리가 '대통령'에 대해 아는 것이 너무 적지 않은가! 물론 그들의 이름이나 재임순서를 반드시 알아야 한다는 얘기는 아니다. 그러나 '대통령'이라는 위치의 상징성과 중요성을 생각한다면, 아니 우리의 생활을 편하게 해줄 '좋은' 대통령을 선출하기 위해서라도 '대통령'에 대해서 뭘 좀 알아야만 하지 않을까?

2011년 가을, MBN 개국 특집 프로그램을 준비하는 기획단계에서 우리는 '대통령'에 관한 다큐멘터리를 만들어보자는 데 쉽게 의견이 모아졌다. 2012년 제18대 대통령 선거를 1년여 앞둔 시점이었기 때문에 시의성도 적절했고, 대통령이라는 '최고 권력'에 대한 은밀함과 그에 따른 궁금증이 크다고 생각했기 때문이다.

장기간의 제작회의를 통해서 대통령에 대해 친근하게 느낄 수 있도록 인간적으로 접근하자는 목표를 정하고 소재를 찾기 시작했다. 그래서 정치적이지 않은, 즉 문화사적 내지 생활사적인 내용을 담기로 했고, 이럴 경우 대통령의 '의식주'가 중심이 되어야 한다는 결론을 내리게 되었다.

"청와대에서는 뭘 먹지?"

"대통령도 라면을 먹을까?"

가장 원초적인 궁금증이지만 누구나 관심 있어 하는 것이고 또 이 것을 통해 대통령의 생활과 생각을 들여다볼 수 있을 것이라는 확신이 들었기 때문이었다. 그래서 우리는 대통령의 식생활을 다룬 첫 번째 시리즈 〈청와대의 밥상〉, 대통령의 친근한 생활 모습을 다룬 두 번째 시리즈, 〈대통령의 생활사〉, 역사적인 의미를 지닌 그날에 대통령들의 인간적인 고뇌는 무엇이었을까를 다룬 세 번째 시리즈 〈대통령의 그날〉을 다큐멘터리로 제작했다.

음식과 생활사에는 대통령들의 고민, 성격, 특징뿐만 아니라 당시의 사회상, 역사 등이 모두 담겨 있었다. 시청자들은 이를 통해 대통령을 이해하지는 못하더라도 그 시대와 상황을 알 수 있었다. 그래서인지 이 프로그램에 대한 시청자들의 호응은 제작진이 예상했던 것보다 훨씬 높았다.

제작진이 '대통령'에 대한 인간적인 접근을 시도했던 이유는, 그 자리에 대해서 바로 알자는 취지였다. 대통령에 대한 무조건적인 비난 내지 혐오만으로는 제대로 된 대통령을 선출하기 힘들다. 우리가 흔히 말하는 '좋은' 대통령을 갖기 위해서는 건설적인 분석과 비판이 필요하다. 이를 위해서는 대통령에 대해 제대로 알아야 할 것이고, 제대로 알기 위해서는 기본적인 관심이 있어야 할 것이다.

〈청와대의 밥상〉과 〈대통령의 생활사〉를 통해서 '대통령에 대한 인간적인 접근'이라는 목적은 어느 정도 달성했다고 생각한다. 그렇지만 한정된 방송 시간 때문에 하지 못한 많은 이야기들을 안타까워하고 있을 때, 고래미디어의 출판 제의가 있었다. 지난 몇 달 동안 방송 내용을 다듬고 미방영 분의 내용과 자료들을 선별하여 이 책으로 엮게 되었다.

MBN 송년 개국 특집으로 시작된 '대통령 시리즈'가 MBN을 대표하는 프로그램으로 자리매김할 수 있도록 같이 성원하고 도와주신 매경미디어그룹 장대환 회장님을 비롯해 이유상 부회장님, 윤승진 고문님, 장용성 대표님, 장승준 전무님, 장덕수 제작이사님, 류호길 이사님, 장용수 보도국장님 그리고 제작국, 편성국, 보도국 등 MBN의 모든 식구들께 감사 드린다.

하나의 '방송' 프로그램이 또 다른 매체인 '책'으로 만들어져, MBN이 추구하는 '트랜스미디어'를 구현할 수 있도록 도와준 고래미디어의 조영진 대표에게 감사의 인사를 전한다. 또한 조금은 거칠고 부족한 자료들을 잘 정리해준 편집부에도 이 지면을 통해 감사의 인사를 전한다.

그리고 '대통령 시리즈'를 만들기 위해 함께 고생했던 프로그램 제작진, 반보현 프로듀서를 비롯해서 박연재 작가, 송정훈 촬영감독, 장성훈 조연출, 나아름, 장지영 취재작가 등 많은 제작진의 열정으로 프로그램이 성공할 수 있었다. 그들의 노고를 높이 인정하지 않을 수 없다.

무엇보다 제작진에게 소중한 이야기와 자료들을 제공해주신 역대 대통령들의 가족과 지인들에게 감사를 드린다. 이분들의 증언과 자료들로 '시대를 담은' 좋은 프로그램을 만들 수 있었다.

끝으로 우리에게 '대통령'이라는 존재가 그 옛날의 '임금님'처럼 그저 높고 멀리 있는 것이 아니라 우리와 함께 숨 쉬며 생활하는 '가까운' 존재로 느껴지기를 소망해본다. 이 책이 거기에 이바지할 수 있다면 더 바랄 것이 없겠다.

올 한해 MBN의 '대통령 시리즈' 제작과 출판을 위한 원고 집필 등으로 가정에 소홀했던 필자를 변함없이 응원해준 아내와, 일곱 살 된 딸 수민이에게 미안함과 감사함을 함께 전하고 싶다. 수민이가 자라서 성인이 되었을 때쯤에는 지금과는 다른 의미의 정치, 다른 의미의 대통령을 만날 수 있었으면 좋겠다.

2012년 가을 박병호 프로듀서

part 1

대통령의
밥상

"만약 당신이 대통령이라면 무엇을 드시겠습니까?"

서울에서 가장 복잡한 거리, 광화문에서 시민들에게 불쑥 이런 질문을 던져보았다.

"내가 대통령이라면 매일 스테이크만 먹을 거예요."
"최고 일류 요리사를 두고 오늘은 이거 해달라, 내일은 저거 해달라 해서 먹고 싶은 거 실컷 먹겠죠."
"몸에 좋은 걸로만 이것저것 골라 먹을 거 같은데요."

먹는 것은 모든 사람들의 공통된 일상이고 관심이자 욕구이다. 그래서 최고 권력을 가진 사람들의 식생활, 특히 국가 원수인 대통령의 식사에 대해서는 국민들의 궁금증이 클 수밖에 없다.

이명박 대통령은 대선 후보 시절, 욕쟁이 할머니의 국밥을 허겁지겁 먹는 인상적인 광고를 내보냈다. 하지만 청와대에서 이명박 대통령이 서민적인 국밥을 즐겨먹으리라고 생각하는 사람은 거의 없다.

길거리에서 만나본 대부분의 시민들은 만약 자신이 대통령이 된다면 최고급의 특별한 음식을 먹고 싶고, 실제로 대통령이라면 당연히 그런 식사를 하리라고 생각하고 있었다. '그 밥에 그 반찬'이라고 통용되는 우리네 식사와는 다른 특별한 무엇인가가 있을 거라는 기대를 갖고 있는 것이다.

실제 청와대 안에서 대통령의 밥상에는 어떤 음식이 오르고 있을까? 그리고 역대 대통령들은 어떤 음식을 즐겨 먹었을까? 모든 사람들이 평등하게 먹는 하루 세끼 식사에서 대통령은 우리네와 어떻게 다르고 어떤 특권을 누릴까?

이런 궁금증을 안고, 우리는 역대 대통령들의 밥상을 들여다보기로 했다.

1. 이승만 대통령의 밥상

이승만(1~3대) 1948년 7월~1960년 4월

　우리나라 초대 대통령인 이승만 대통령. 그의 밥상에 대해 알아보기 위해, 서울 종로구 한 기슭에 위치한 이화장을 찾아갔다.

　이화장은 이승만 대통령이 오랜 시간 머물렀던 곳으로, 아직까지 그의 숨결을 생생히 느낄 수 있다. 우리나라 초대 내각을 구성하고 탄생시킨 역사적인 장소인 조각당이 고스란히 남아 있을 뿐 아니라, 이승만 대통령의 양아들 이인수 씨와 며느리 조혜자 씨가 살고 있기 때문이다.

　여기서 잠깐 이화장과 이승만 대통령의 가족사를 살피고 넘어가자면, 이승만 대통령은 첫 번째 결혼에서 아들을 얻었으나 미국에서 유학 생활과 독립운동을 하던 중 장티푸스로 잃었다. 그 후 예순이 가까운 나이에 프란체스카 여사와 재혼한 이승만 대통령은 고령인 탓인지 아이를 낳기가 어려웠다. 그래서 대통령 시절 국회의장이던 이기붕의 아들 이강석을 입양했으나 이강석은 4.19 혁명 때 가족들을 권총으로 쏘고 자신도 자살한다. 아들에 이어 양아들까지 잃은 이승만 대통령은 상심이 컸고 대를 잇지 못한다는 괴로움이 컸다. 이에 이승만 대통령의 종친회는 양녕대군의 후손인 전주 이 씨 문중의 자제 중에서 이승만 대통령의 양자를 물색했고 고대 대학원생이었던 이인수 씨를 양자로 뽑는다. 1961년 11월 양자가 된 이인수 씨는 하와이에 머물고 있던 이승만 대통령 부부를 찾아갔는데, 이때 이승만 대통령은 4.19 혁명으로 모든 것을 다 잃었고 나이는 여든이 넘었었다. 자신의 양자가 된 이인수 씨를 무척 아꼈던 이승만 대통령은 이인수 씨가 지켜보는 가운데 하와이에서 눈을 감을 수 있었다.

현재 이인수 씨가 살고 있는 이화장은 이승만 대통령이 8.15 해방 후 귀국길에 올랐을 때부터 살던 집이다. 당시 거처가 마땅치 않은 그를 위해 실업인 33인이 십시일반 자금을 모아 마련해준 집으로 조선시대의 문신인 신광한의 집터이기도 하다. 현재 이승만 대통령의 양

조각당(組閣堂) : 이화장 내에 위치한 작은 한옥. 마루와 아궁이가 딸린 단칸방 구조로 전체 규모는 약 8평이다. 1948년 초대 대통령으로 취임한 이승만 대통령이 이시영 부통령 등 19명의 초대 내각을 구성하고 발표한 곳이다. 생전의 프란체스카 여사의 회고에 따르면, 이곳은 이승만 대통령의 집무실이자 숙소나 다름없었다고 한다.

아들 이인수 씨 가족이 거주하고 있는 이화장은 1982년 서울특별시 기념물로 지정되었고, 2009년부터는 국가지정 문화재가 되었다.

대를 이어 내려오는 맛없는 떡국

취재진이 이화장을 찾아간 날, 때마침 며느리인 조혜자 씨는 손님 맞이 음식 준비에 분주했다. 조혜자 씨가 장만하고 있는 음식은 집안 대대로 내려오는 것이라 했다. 이승만 대통령 때부터 시작해서 지금까지 자주 밥상에 오른다는 그 음식은 과연 무엇일까?

"그건 바로…… 맛없는 떡국이죠."

'맛있는'이 아닌 '맛없는' 떡국? 이승만 대통령이 즐겨 먹었고, 또 집안 대대로 내려오는 음식이 '맛없는 떡국'이라니. 취재진은 며느리 조혜자 씨의 이야기에 당혹스러울 수밖에 없었다. 알고 보니 여기에는 숨은 사연이 있었다.

이승만 대통령과 그의 부인, 프란체스카 여사는 대통령 재임기간에 6.25 전쟁을 겪었다. 당시 유엔 연합군의 도움으로 간신히 서울 수복에 성공했지만 중공군이 개입하면서 1.4 후퇴가 이어졌다. 대통령도 피난을 떠날 수밖에 없었다. 이러한 난리 통에 프란체스카 여사가 우

이승만 대통령의 동상(위). 며느리 조혜
자 씨가 떡국을 만들기 위해 준비한 현
미 떡(아래)

연히 수첩을 보았는데, 그날이 바로 음력설이었다. 프란체스카 여사는 서둘러 떡국이라도 끓여보려 했지만 쉽지 않았다. 당시는 대통령조차 제대로 된 끼니를 먹기 어려운 형편이었기 때문이다.

궁여지책으로 선택한 재료가 바로 '현미'였다. 지금이야 건강식으로 알려져 있고 쌀보다 가격도 비싸지만, 6.25 전쟁이 일어났던 1950년 당시에는 도정 안 한 현미가 쌀보다 훨씬 저렴해서 서민들이 많이 먹었다. 프란체스카 여사는 쌀 대신 이 현미를 빻아 떡을 만들고 떡국을 끓였던 것이다. 국물도 고기 대신 명태 껍질을 이용했다. 이렇게 제대로 된 재료 없이 급하게 끓인 떡국의 맛은 어떠했을까?

식감이 거칠고 국물까지 거무스레한 떡국이었지만 이승만 대통령과 프란체스카 여사는 두 그릇이나 비울 정도로 맛있게 먹었다고 한다.

"그때는 국민들이 배곯고 헐벗은 시절이라 조금이라도 양을 늘리려고 현미 떡국을 끓여 잡수셨지요. 왜 맛없는 떡국이냐면 황태 머리라든가 명태 껍질을 버리지 않고 그것으로 국물을 냈거든요. 아이들 입맛에는 안 맞으니까 아이들이 맛없는 떡국이라고 이름을 붙인 거죠."

손자들은 맛없는 떡국이라 불렀지만 프란체스카 여사에게는 가장 맛있는 떡국이었던 모양이다. 생을 마감할 때까지 떡국을 먹을 때마다 현미 떡국을 찾았다고 한다.

"임진왜란 때 선조가 피난 가서 '묵'이란 생선을 맛있게 먹고 '은어'란 이름을 하사했지만 전쟁이 끝난 후, 다시 먹고는 도로 '묵'이라 하라고 해서 '도루묵'이 되었다고 하잖아요? 힘든 상황에서 먹었던 음식이 더 맛있게 느껴지는가 봐요. 그래서 시어머니도 현미 떡국에 대한 애정이 컸던 것 같아요."

인터뷰를 하는 동안, 어느새 주방 가득 구수한 냄새가 들어찼다. 프란체스카 여사가 눈을 감은 지 이십 년이나 지났지만, 이화장은 요즘도 현미 떡국을 끓인다. 지금은 쌀보다 현미가 훨씬 비싸고, 또 현미 떡을 뽑으려면 방앗간을 직접 찾아가야 하기 때문에 끓이기가 훨씬 번거롭다. 하지만 그 안에 담긴 시부모님에 대한 추억과 그리움을 맛보기 위해 조혜자 씨는 아직도 밥상에 현미 떡국을 올리고 있다.

"어머니가 워낙 좋아하셨고 또 우리도 수십 년 동안 이 떡국을 먹다 보니, 현미 떡국 맛에 길들여졌죠. 구수한 맛이 일품으로 느껴져요."

이렇게 음식을 대물림하며 어려운 시대를 살아온 시부모님의 고된 삶과 그것을 헤쳐 나온 지혜를 기억한다고 한다.

현미 떡국 외에 프란체스카 여사에게 만드는 법을 전수 받은 요리는 또 없을까? 아나나 다를까 주방에서 또 다른 음식이 부지런히 요리되고 있다. 바로 프란체스카 여사표 '꼬꼬뱅'이다. 불어로 '꼬꼬뱅

(Coq Au Vin)'은 포도주 안의 수탉이라는 뜻으로 닭고기에 채소와 와인을 넣어 만든 프랑스 전통 요리다. 하지만 프란체스카 여사에게 전수 받은 '꼬꼬뱅' 요리는 재료가 다르다. 포도주 대신 고추장과 버터로 닭을 조리한다.

한국 사람인 이승만 대통령과 오스트리아 사람인 프란체스카 여사의 만남을 상징하듯이, 이 음식에서는 고추장과 버터가 만난다. 고추장과 버터를 섞어 갖은 양념을 냄비 위에 고르게 편 뒤 껍질을 벗긴 닭다리를 돌려가며 익혀 완성한다. 프란체스카 여사는 이 요리를 할 때, 닭찜 요리도 반드시 같이 했다고 한다. 남는 국물과 닭 껍질을 하나도 버리지 않고 알뜰하게 이용하기 위해서였다.

꼬꼬뱅과 닭찜의 맛은 어떨까? 먹어 보니 동서양인 모두가 만족할 만큼 맛이 있었다. 게다가 닭 한 마리로 두 가지 요리가 나오니 여러 사람이 함께 먹어도 넉넉하고 푸짐하다. 프란체스카 여사는 서양인 아내였지만 우리나라 주부 못지않게 살뜰한 살림꾼이었다.

호주댁과 양노인의 술국 대결!

"사람들이 어머니를 뭐라 불렀는지 아세요? '호주댁'이라고 불렀죠. 호호호."

프란체스카 여사에게 전
수 받은 '꼬꼬뱅' 요리는
고추장과 버터로 닭을 조
리한다.

프란체스카 여사에게는 '호주댁' 이라는 재미난 별명이 있었다. 그녀의 고향인 오스트리아를 사람들이 호주, 즉 오스트레일리아로 오인해서 붙여진 별명이다.

이 별명은 프란체스카 여사가 전형적인 한국 여인의 삶을 살았다는 뜻이기도 하다. 프란체스카 여사는 대통령 부인으로서 경무대(청와대의 옛 명칭)에 살 때도 직접 빨래를 하며 남편 음식을 손수 장만할 만큼 헌신적인 내조를 펼쳤다.

그런데 이런 프란체스카 여사에게 강력한 라이벌이 있었으니, 바로 양학준 노인이었다. '노인' 이라는 호칭이 붙은 것은 그가 예순이 넘은 나이에 대통령의 요리사가 되었기 때문이다.

"나이 60에 경무대에 들어오셔서 72세까지, 12년 동안 대통령과 함께하신 분이에요. 이승만 대통령은 양노인을 아주 좋아하셨어요. 우리 토속 음식을 참 잘하셨거든요."

양학준 노인이 다른 요리사에 비해 고령임에도 대통령의 요리사가 될 수 있었던 것은, 토속 음식도 잘 만들었지만 그 당시로서는 드물게 한식과 양식을 같이 조리할 수 있었기 때문이다. 오랜 외국 생활을 했던 이승만 대통령은 한식뿐 아니라 양식을 찾는 경우가 많았다. 특히 외국 손님이 찾아올 때면 한식과 양식을 함께 준비해야 했다. 그러니 양학준 노인이 대통령의 요리사로서 안성맞춤이었던 것이다.

양학준 전 경무대(청와대) 요리사(위).
프란체스카 여사(아래)

양학준 노인은 그 전에는 일반 식당에서 일하던 요리사였는데, 예순이 넘어 이미 은퇴한 상태였다. 그러나 그가 마음에 들었던 이승만 대통령은 나이가 많았음에도 그를 채용했다. 당시로서는 보기 드문 실버 취업이라고 하겠다.

재미있는 점은, 양학준 노인이 종종 이승만 대통령으로 오인 받았다는 것이다. 얼굴 생김새도, 머리가 하얗게 센 것도 이승만 대통령과 비슷했기 때문이다. 6.25 전쟁 당시, 이승만 대통령은 군인들에게 맛있는 요리를 해주기 위해 양학준 노인을 대동한 적이 많았는데 비슷한 외모 때문에 재미난 상황이 벌어지기도 했다. 헬기에서 먼저 내린 양학준 노인을 군악대가 이승만 대통령으로 오인, 환영 연주를 시작한 것이다. 이에 당황한 양학준 노인이 자신은 대통령이 아니라고 손을 마구 내저었다. 하지만 군악대는 이를 답례 인사라고 생각하고 더 크게 연주하여 양학준 노인을 더욱 당황하게 만들었다.

양학준 노인과 이승만 대통령은 외모만 비슷했던 게 아니라 마음도 잘 맞았다. 새벽에 같이 술국을 끓여 마시며, 도란도란 이야기를 나누는 등 각별한 우정을 나누기도 했다. 부인과 일찍 사별하여 혼자 자주 술을 마셨던 양학준 노인을 측은히 여긴 이승만 대통령이 각별히 신경을 썼던 것이다. 이렇게 양학준 노인에 대한 연민이 깊어서인지, 이승만 대통령은 양학준 노인이 만든 음식을 특히 좋아했다. 이런 사정 때문에 입장이 난처했던 경호원도 있었다. 그 경호원의 고백이다.

명태 껍질을 넣고 끓인 술국

이인수 씨와 조혜자 씨가 손님
을 맞아 한 상 가득 음식을 차
렸다.

〈조혜자 씨가 차린 밥상〉. 김치, 콩나물 잡채(위), 닭찜, 장떡(중간), 현미 떡국, 꼬꼬뱅 (아래)

"프란체스카 여사님의 눈을 똑바로 쳐다보지 못하겠어요."

프란체스카 여사는 외출을 할 때에도 이승만 대통령의 식사를 반드시 준비해놓고 나갔다. 그런데 그때마다 이승만 대통령이 양학준 노인에게 상을 다시 차리게 하고 프란체스카 여사가 만든 음식은 경호원에게 대신 먹으라고 주었다. 프란체스카 여사가 공들여 차린 음식을 먹어버린 경호원은 외출에서 돌아온 여사의 얼굴을 똑바로 쳐다보기가 민망했던 것이다. 프란체스카 여사가 아무리 한국 음식을 잘했어도 이승만 대통령의 토속적인 입맛에는 아무래도 양학준 노인의 음식이 더 잘 맞지 않았나 싶다.

실제로 경무대 주방에서는 프란체스카 여사와 양학준 노인의 팽팽한 대결이 있었다. 어느 날, 프란체스카 여사가 주방을 지나다가 흐뭇한 미소를 짓고 있는 이승만 대통령을 발견했다. 알고 보니, 양학준 노인이 끓인 술국을 먹으며 만족감에 짓는 미소였다. '고작 명태 껍질로 끓인 술국을 저렇게 맛있게 드시다니.' 프란체스카 여사는 고기에 당근, 양배추까지 더 많은 재료를 듬뿍 넣어 정성스럽게 술국을 끓였다. 하지만 결과는 양학준 노인의 승리! 이승만 대통령은 재료가 듬뿍 들어간 술국보다 명태 껍질로만 끓인 양학준 노인의 볼품없는 술국을 더 좋아했다. 그 뒤로 프란체스카 여사는 토속적인 맛에 있어서는 양학준 노인을 따라갈 수 없음을 순순히 인정했다고 한다.

프란체스카 여사의 밥상 내조

토속적인 음식에서는 양학준 노인에게 밀렸는지 몰라도 이승만 대통령의 건강을 지키는 데 있어서는 프란체스카 여사의 공로가 컸다.

이승만 대통령은 이미 일흔이 넘은 나이에 대통령에 취임했다. 다른 사람 같으면 거동도 쉽지 않을 나이에 국정을 돌보는 자리에 오른 것이다. 대통령의 아내로서 건강을 챙기지 않을 수 없었을 것이다. 무엇보다 프란체스카 여사는 이승만 대통령의 입맛에 맞는 음식을 만들기 위해 부단히 애썼다. 이승만 대통령이 어릴 적 어머니가 해준 두부찌개가 먹고 싶다는 이야기를 하자, 그 옛날 어머니가 하던 방식대로 새우젓을 넣은 두부찌개를 끓여 내오기도 했다. 또 콩 음식을 좋아하는 남편을 위해 손수 콩나물을 키우고, 수시로 두부를 집에서 만들어 먹을 수 있게 하는 등 식사에 유달리 신경을 많이 썼다.

프란체스카 여사가 이렇게 식사에 신경을 썼던 이유는 또 있다. 이승만 대통령은 대통령이 되기 전, 어려웠던 시절에 날달걀 하나로 하루 한 끼 식사를 하는 등 굶는 날이 많았다. 그래서 오랫동안 불규칙한 식사 습관이 몸에 배어 있었다. 프란체스카 여사는 이것이 건강에 좋지 않음을 알고, 남편의 입맛에 맞는 음식을 준비하여 규칙적인 식사를 하는 데 심혈을 기울인 것이다. 아울러 율무차, 들깨차 등 건강차를 수시로 끓여 대통령에게 마시게 했다. 당시에는 인스턴트 건강차가 판매되지 않았고, 서양인으로서 우리나라의 건강차에 대해 잘 몰랐을 터인데도 여기저기 수소문해 건강차를 마련했을 것을 짐작할 수 있다.

이러한 정성 덕분인지 이승만 대통령은 매우 건강한 편이었다. 늘 정정한 모습을 보였고, 잔병치레도 없었다. 83세임에도 북한산 정상에 올라 문수사 현판 글씨를 쓰고 내려올 정도였다니, 노년까지 상당히 건강했음을 알 수 있다.

항간에는 이승만 대통령이 장수한 것을 보고 인삼을 많이 먹어서 그렇다는 이야기가 있었지만 측근의 이야기로는 이승만 대통령은 오히려 인삼이 잘 맞지 않는 체질이었다고 한다. 밥이 보약이라는 말처럼, 그의 장수 비결은 옆에서 꼬박꼬박 식사를 챙겨주는 아내가 있었기 때문이었다. 프란체스카 여사는 바늘에 따라가는 실처럼 이승만 대통령과 함께 다니며 늘 따끈따끈한 밥을 손수 지어 대령했다.

프란체스카 여사가 이승만 대통령의 식사를 극도로 통제하여, 이승만 대통령이 다른 사람의 이야기를 들을 기회를 막았다는 이야기도 있었다. 이에 대한 사실 여부는 잘 모르겠으나, 그만큼 프란체스카 여사가 남편 식사만큼은 정확하게 챙겼음을 알 수 있다. 우리나라 초대 영부인은 외국인이었지만, 마음만큼은 남편에게 지극정성인 우리네 여인과 다를 바가 없었던 것이다.

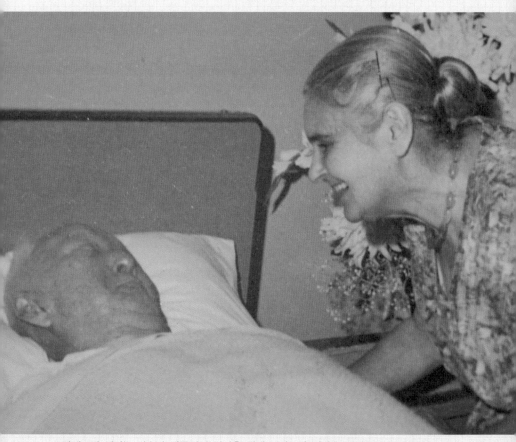

프란체스카 여사는 이승만 대통령의 건강을 위해 꼬박꼬박 식사를 챙겨주는 등 헌신적인 내조를 했다.

김치 없인 못 살아, 나는 못 살아!

이승만 대통령과 프란체스카 여사는 사이가 돈독했다. 하지만 경무대에서의 행복한 시간은 길지 못했다. 4.19 혁명 후 이승만 대통령은 대통령직에서 하야, 경무대를 떠나야 했기 때문이다. 그 후, 이승만 대통령과 프란체스카 여사는 하와이로 떠난다는 발표를 하고 미국행 비행기에 올랐다.

처음에는 잠시 몇 달만 머무를 계획이었지만 이승만 대통령의 귀국은 계속 미루어졌다. 이승만 대통령은 하와이에서 다시 한국으로 돌아갈 날만을 학수고대했다. 그런 긴 기다림의 시간 속에서 그의 나이는 아흔에 가까워졌고 노환으로 인해 병원 신세를 져야 했다. 그때 의사의 특별 지시가 내려졌는데 바로 김치를 먹지 말라는 것이었다. 이승만 대통령의 높은 혈압을 걱정하여 염장식품인 김치를 금지시킨 것이다. 그러자 이승만 대통령은 "그 의사들이 엉터리야. 나는 김치를 못 먹으면 혈압이 더 올라가."라며 화를 냈다. 그리고 김치 먹기를 주저하지 않았다.

하지만 남편 건강 돌보기가 우선순위였던 프란체스카 여사는 의사의 지시를 무시할 수 없어 이승만 대통령의 밥그릇 옆에 항상 적은 양의 김치만 올려놓았다. 그럴 때마다 이승만 대통령은 프란체스카 여사 몰래 양아들 이인수 씨의 김치를 빼앗아 먹었다고 한다. 또한 김치 외에 우리나라 음식들을 무척 그리워해서 보다 못한 프란체스카 여사가 노래를 짓기도 했다.

> 날마다 날마다 김치찌개 김치국.
> 날마다 날마다 콩나물국 콩나물.
> 날마다 날마다 두부찌개 두붓국.
> 날마다 날마다 된장찌개 된장국.

프란체스카 여사가 이 노래를 부를 때면, 이승만 대통령은 빙긋이
미소를 지으며 따라 불렀다고 한다. 이 노래를 부르며 이승만 대통령
은 고향에서 어머니가 해주던 음식을 먹었던 시절을 추억하지 않았을
까. 김치를 비롯한 우리나라 음식은 이승만 대통령에게 고향으로 돌
아가고자 하는 의지이자 끝없는 향수였기 때문이다.

"전 밥상을 차리면 항상 김치부터 봐요. 김치를 볼 때마다 이걸 참 좋아
하셨던 아버지를 떠올리죠."

이승만 대통령의 양아들, 이인수 씨의 눈에는 아버지에 대한 그리
움이 가득하다. 이승만 대통령에 대한 역사적 평가는 지금도 논란이
많다. 하지만 가난하고 혼란했던 시절의 초대 대통령으로서 그 역시
도 혼돈과 궁핍의 시기를 헤쳐 나가야 했음을 대통령의 밥상을 통해
알 수 있었다.

처음에는 단순히 이승만 대통령의 밥상에 무엇이 올라갔는지를 알아보기 위해 찾아갔던 이화장. 우리는 거기에서 1940~50년대의 혼란기와, 대통령까지도 가난을 견뎌야 했던 쓸쓸한 황혼을 찾아낼 수 있었다. 대통령의 밥상에는 단순히 대통령이 먹은 음식뿐 아니라 시대적 상황이 함께 차려져 있었던 것이다.

2. 윤보선 대통령의 밥상

윤보선(4대) 1960년 8월~1962년 3월

　하루가 다르게 변하는 서울의 도심, 안국동. 이곳에 140년이 넘는 긴 세월 동안 묵묵히 한자리를 지켜온 고택이 있다. 세상의 소용돌이와 변화의 물결 속에 깊게 뿌리 내린 나무처럼, 흔들림 없이 버텨온 서울에 남아 있는 가장 오래된 양반 가옥이다. 대통령의 밥상을 취재하기 위한 두 번째 발걸음이 이곳으로 향했다. 이승만 대통령에 이어 우리나라 두 번째 대통령이 된 윤보선 대통령의 자손이 4대째 살고 있는 곳이다.

　윤보선 대통령은 젊은 시절 독립운동을 하다 정치인의 길을 걷게 되었고, 4.19 혁명으로 이승만 정권이 붕괴되자 대통령 선거에 의해 우리나라 제4대 대통령으로 선출되었다. 총리가 있는 내각제 체제의 대통령이었으나, 5.16 군사정변으로 인해 재임기간은 2년도 채 되지 않았다. 짧지만 우리나라 현대사의 중요한 거점이 된 윤보선 대통령의 밥상은 어떠했을까?

깊게 뿌리 내린 고택의 고풍스런 식당

안국동은 우리나라의 현재와 과거의 모습을 동시에 볼 수 있는 곳이다. 현대적인 건물 사이에 한옥과 문화재들이 산재해 있는 이곳에 윤보선 대통령이 살던 집이 있다. 헌법재판소 맞은편 기다란 골목을 따라 들어가면 마치 과거로 들어가는 문처럼 굳게 닫힌 윤보선 가의 큰 한옥 대문을 만날 수 있다.

굳게 닫힌 대문만큼 사람들에게 잘 공개되지 않는 윤보선 대통령의 사택. 미리 전화로 취재 요청을 했지만 취재에 응하겠다는 확실한 답변을 듣지 못했다. 취재진은 걱정 반, 기대 반으로 대문 옆의 작은 벨을 눌렀다.

"누구십니까?"
"청와대의 밥상 취재팀입니다"
"잠시만 기다리세요."

우려와는 달리 관리인이 재빨리 문을 열어준다. 대문이 열리자마자 눈에 들어온 것은 넓은 정원과 여러 채의 한옥들이다. 대지가 1,411평이나 되는 윤보선 사택은 건축 당시, 민간에서 지을 수 있는 최대 규모인 99칸으로 지었다고 한다. 개인 집이라기보다는 흡사 고궁에 찾아온 것 같은 착각에 빠져든다. 관리인의 안내를 받으며 정원을 가로

서울에 남아 있는 가장 오래된
양반 가옥인 안국동 윤보선 가
(사적 438호)

질러 안채에 도착하니, 윤보선 대통령의 아들과 며느리가 반갑게 인사를 건넨다. 안채 거실을 둘러보니 동양식과 서양식이 어우러진 세부 장식과 가구들 덕분에 독특한 멋을 느낄 수 있었다.

"저희 집 모든 물건들은 시아버지가 쓰시던 것 그대로예요."

집안 곳곳을 살펴보느라 눈길을 떼지 못하는 취재팀에게, 며느리 양은선 씨가 귀띔한다. 지금도 세련되게 느껴지는 가구들과 소품들이다. 윤보선 대통령이 지녔던 미적 감각과 안목을 짐작하게 한다.

윤보선 대통령은 조선시대 선조 때, 영의정을 지낸 윤두수를 비롯해 수많은 인재를 배출한 가문의 후손이다. 이름난 가문의 자손이자 직물 회사를 운영했던 부친 덕에 어릴 적부터 유복한 환경에서 자랐다. 교동 보통학교를 다니며 신식 교육을 받았을 뿐 아니라, 일본과 영국에서 유학을 하고 돌아온 인텔리 중의 인텔리였다. 그가 지녔던 세련된 안목은 일찍부터 외국 신식문명을 받아들인 데서 비롯된 것이 아닌가 싶다.

"그 당시에 영국 귀족의 합리적인 생활방식이 굉장히 좋게 보이시고 부럽다고 느끼셨을 거예요. 그렇다고 우리 것을 다 버리고 따라하신 것은 아니고, 한국식과 서양식의 조화를 이루려고 하셨죠."

동양식과 서양식이 어우러진 윤보선 대통령 집의 식당 풍경

윤보선 대통령이 영국 유학 후 돌아와 한옥과 양옥의 장점과 단점을 보완하여 지금의 가옥을 더욱 편하고 아름다운 공간으로 만들었다는 게 며느리 양은선 씨의 설명이다.

"한옥이라는 게 방, 거실 등 공간이 따로 분리되어 사생활이 보장되는 장점이 있지만, 온 식구들이 모여 식사할 수 있는 식당이라는 공간이 없잖아요. 각각 방으로 식사를 날라야 하는 불편한 점을 생각하시고 아버님이 여러 개의 방을 터서 식당으로 쓸 공간을 만들었다고 해요."

1920년대 부엌에서 하루 종일 있어야 하는 여자들의 수고스러움을 덜기 위해서 한옥 구조를 서양식으로 바꾸었을 뿐 아니라, 식사하는 방법에 있어서도 당시에는 생각하기 어려운 혁신적인 방법을 제시했다고 한다.

"한식은 반찬 그릇들을 한 상에 늘어놓고, 여럿이 밥을 같이 먹는 식이잖아요. 그런데 아버님은 서양식처럼 개인 접시를 두고 음식을 덜어 먹게 하셨어요. 그러면 그릇도 적게 나오고 음식을 남기지도 않을 수 있다고요."

윤보선 대통령은 작은 부분 하나하나에도 세심하게 신경 쓰며 우리 문화와 서양 문화의 합리적인 방식을 찾았다고 한다. 시아버지에게 물려받은 소중한 물건이라며 며느리 양은선 씨가 보여주는 것은 윤보선 대통령이 직접 태극 문양을 넣어 디자인한 그릇들이다. 이 그릇들은 청와대 시절, 국내외 귀빈들을 대접하는 식기로 쓰였다.

"영국에서 가문의 문장이 찍힌 그릇을 보고 그 아이디어를 한국 그릇에 적용해 태극 문양을 찍으셨죠. 그렇게 태극 문양을 찍은 그릇을 만드신 건 아마 아버님이 처음일 거예요. 아직도 저희가 잘 보관하고 있고, 손님 모실 때에 쓰고 있어요."

그릇들은 당시 중국 황족들만 쓴다는 노란색이지만 모양은 한국 반상기 형태로 만들어져 있다. 고급스러우면서도 우리나라 전통미를 느낄 수 있었다. 그런데 그릇들 중 다른 것에 비해 유난히 작은 술잔이 눈에 띈다.

"아버님이 술을 별로 안 좋아하셨어요. 그래서 술잔을 이렇게 조그맣게 만드셨지요. 아마 손님들은 술잔이 작아서 불만이셨을 거예요."

윤보선 대통령은 젊은 시절부터 술을 입에 잘 대지 않았다고 한다. 술잔에도 자신의 취향을 반영해 소꿉놀이할 때 쓰이는 찻잔처럼 작게 만들었다. 작은 물품에도 취향을 세심하게 담아낸 꼼꼼함을 엿볼 수 있었다. 윤보선 대통령은 자신의 스타일을 생활에 반영하려는 의지가 강했던 것 같다. 이러한 그의 밥상에는 과연 어떤 음식들이 올라왔을까?

식탁에 꽃핀 동서양의 아름다운 조화

윤보선 대통령에게는 밥상이라는 단어보다 식탁이라는 단어가 더 잘 어울릴 듯싶다. 윤보선 대통령의 집 식당에는 10여 명이 앉을 수 있는 커다란 식탁이 놓여 있다. 이것 역시 윤보선 대통령이 직접 디자인하여 제작 주문한 것이라고 한다. 50년도 더 사용했다고 하는데, 우리나라에서 식탁이 보편화된 것이 1970년대 중·후반인데 비하면 꽤나 오래전부터 식탁 생활을 했음을 알 수 있다.

"집 안에서 드실 때는 서양 음식을 굉장히 좋아하셨어요. 양식이 준비가 안 되었을 때는 모양이라도 서양식으로 해서 드리면 아주 좋아하셨어요."

며느리 양은선 씨는 시집을 오자마자 양식을 좋아하는 시아버지를 위해 많은 노력을 기울였다.

"제가 시집온 다음부터 양식을 해드리기 원하셔서 책 보고 열심히 연습했어요. 음식을 만들면 잘하건 잘 못하건, 무조건 잘했다고 칭찬해주시면

태극 문양이 찍혀 있는 윤보선 대통령이 만든 청와대 식기 세트

서 용기를 북돋아주셨죠. 그래서 연습하는 데 많은 도움이 되었어요."

결혼 직후부터 영어로 된 양식 요리책을 구입해서 연구하여 지금은 주방 한 벽이 온통 영어 요리책으로 가득하다. 덕분에 며느리 양은선 씨는 양식이라면 어떤 요리라도 자신 있을 만큼 수준급 실력을 자랑한다. 하지만 윤보선 대통령이 양식만 먹었던 것은 아닐 터, 평상시 식단은 어떠했을까?

"아침에는 간단하게 빵이나 떡을 드시고, 점심에는 국수나 서양식 요리 같은 간단한 일품요리를 드셨어요. 저녁도 가볍게 드시는 편이었고, 집에서 채소를 키우셔서 무공해 유기농 야채를 챙겨 드셨지요."

윤보선 대통령은 양식을 선호하는 편이었지만 한식도 잘 먹어 양식과 한식을 골고루 먹었다고 한다. 양식을 먹을 때는 우리가 일반 레스토랑에서 먹는 것처럼 탄수화물(밥, 빵), 단백질(고기), 채소(샐러드)가 올라와 있는 것을 좋아했다. 집에서 점심으로 양식을 먹을 때는 그라탕 종류를 많이 먹었다고 한다.

윤보선 대통령은 음식의 맛뿐 아니라 먹음직스럽게 보이는 것에도 관심이 많았다. 또 집에서 식사를 할 때도 항상 옷을 단정히 입고 예의를 갖춘 모습으로 식사를 했다. 영국 신사라는 별칭이 따라붙는 만큼 품위와 품격 있는 모습을 생활 속에서도 늘 볼 수 있었다.

윤보선 대통령은 거의 집에서 식사를 해결했기 때문에 손님 초대가 끊이지 않았다고 한다. 윤보선 가의 손님 초대 요리는 무엇이었을까? 손님을 초대할 때면, 윤보선 대통령은 신선로 같은 한식 요리와 함께 양식 요리를 같이 올릴 것을 당부했다고 한다. 한 테이블에 우리나라 음식과 서양 음식을 함께 올려놓았으며, 식탁의 차림새가 아름답게 보이도록 했다.

손님 초대 식탁에 올랐던 우리 고유의 음식인 신선로는 놋그릇에 담겨 색다른 느낌을 주었으며, 서양 요리가 담긴 접시들과도 근사하게 어우러졌다. 독특한 멋과 우리나라 음식의 품격을 함께 느낄 수 있어 외국인 손님들이 매우 좋아했다고 한다. 또 우리나라 음식을 잘 접하지 못했던 외국인들이 신선로를 맛보며 연신 "원더풀!"을 외쳤다는 후문이다.

윤보선 대통령은 마치 그가 살고 있는 한옥처럼 밥상에서도 우리 전통 양식과 외국 문물의 조화를 꾀하려 했던 것은 아닐까.

영국 신사의 특별한 외식 메뉴

집에서 식사하는 것을 좋아했던 윤보선 대통령 덕분에 가족들은 일 년에 한 번 정도밖에 외식을 하지 않았다. 장남 윤상구 씨가 들려준 어린 시절 아버지와 외식했을 때의 추억 이야기를 들어보자.

윤보선 대통령의 손님 초
대 요리인 신선로와 함박
스테이크

"거의 집에서 먹고 일 년에 한 번 정도 외식을 하는데, 중국집에 가서 자장면을 아주 맛있게 먹었던 기억이 있죠."

일 년에 한 번밖에 안 했다는 외식, 그날 특별히 먹었던 메뉴가 바로 자장면? 집에서도 기품 있는 식사를 즐겼던 그가 모처럼의 외식에서 자장면을 먹었다니 의외였다. 많은 사람들이 윤보선 대통령을 회상할 때면, 집에서도 와이셔츠 단추를 모두 채우고 있는 영국 신사의 모습을 떠올린다.

윤보선 대통령은 선거 유세를 다닐 때도 장갑을 늘 끼고 다닐 정도로, 언제 어디서나 옷차림에 신경을 썼다. 그런데 며느리 양은선 씨 역시 시아버지에게서 의외의 면을 발견할 때가 있었다고 한다.

"아버님이 외출하실 때 보니까 모자에 구멍이 나 있는 거예요. 그래서 '아버님, 모자에 구멍이 났어요.' 하고 말씀드렸죠. 그랬더니 아버님이 '통풍 되고 좋은데 뭘 그러냐?'라며 아무렇지도 않게 나가셨어요."

술잔 하나에도 자신의 취향을 완벽하게 담고, 집에서도 와이셔츠 단추를 모두 채우고 있을 정도로 빈틈이 없어 보이던 윤보선 대통령. 하지만 그의 생활 속에는 이렇게 의외의 모습들도 숨어 있었다.

윤보선 대통령의 집에 처음 들어섰을 때는 고택의 위용만큼 그가 보통 사람들과는 거리가 있는 인물로 느껴졌다. 하지만 그의 밥상을

윤보선 대통령의 술잔(과음하는 것을 경계하기 위해 잔을 아주 작게 만들었다고 한다.)

취재하며 그 역시 한편으로는 우리와 같이 한 시대를 살아간 대한민국 국민임을 알 수 있었다. 밥상에는 이렇게 우리의 고정관념과 이미지를 깨뜨리는 맛이 담겨 있다.

대통령의 장수 식단, 장수 비결

윤보선 대통령은 군사정권에 의해 대통령직을 하야하며 2년여 동안의 짧은 대통령 생활을 마감했다. 하지만 그 후에도 긴 세월 동안 야당 정치인으로 맹렬한 활동을 하며 유신독재와 싸웠다. 그런데 이렇게 바람 잘 날 없었던 정치 인생과 대조적으로, 그의 개인생활은 평온했던 것 같다. 윤보선 대통령은 93세까지 장수했는데, 그의 장수 비결은 무엇이었을까?

"자극적인 거 안 드시고, 소식하시고, 잡곡 드시고 그런 거지 뭐 특별히 몸에 좋은 거를 찾아서 드시고 그러시지는 않았어요. 연세 드신 다음부터는 집 실내의 마루 이 끝에서부터 저 끝까지 잔걸음으로 왔다 갔다 하시면서 운동을 꾸준히 하셨어요."

며느리 양은선 씨의 이야기처럼 윤보선 대통령은 철저하게 자기관리를 하며 여생을 보냈다. 몸이 약해지기 전까지는 잡초를 뽑으며 넓은 정원을 가꾸었다고 한다. 화초도 열심히 가꿔 마당 구석구석에는 아름다운 화초들이 즐비했다. 이외에 그의 장수 비결을 꼽자면 가족애가 아닌가 싶다.

"우리 집안 어르신들이 워낙 손자들 사랑이 깊어요. 우리 아버님도 예외가 아니셨죠. 손자를 얼마나 예뻐하셨는지……. 손자를 볼 때마다 보통 네 가지 이상 인사를 시키세요. 처음엔 절부터 시작해서 거수, 경례, 악수, 뽀뽀까지 하시죠."

한옥에서 3대가 함께 살며 늘 즐겁게 대화할 수 있으니, 가족애가 그에게는 장수의 비결이 아니었을까. 윤보선 대통령은 눈을 감을 때까지 곁에 있는 손주들의 사랑을 받을 수 있었다.

"건강하시다가 2~3년간 노환으로 누워 계셨어요. 그렇게 계시다가 돌아가셨지요. 그럴 때는 노인들이 곡기를 끊고, 식사를 잘 안 하시려고 하시잖아요. 아버님이 음식을 안 드시려고 하면 손자 손녀들이 할아버지 부르면서 숟가락으로 입을 벌려 넣어 드렸어요. 그러면 거부 못 하시고 억지로 드셨어요. 아버님이 식사하시게 마음을 동하게 하는 존재는 오직 손자뿐이었죠."

이처럼 사랑하는 자식들과 손자들이 곁에 있었기에 장수의 복을 누

릴 수 있었던 윤보선 대통령. 하지만 젊은 사람들의 입장에서는 오래된 한옥에서 부모님과 함께 산다는 것이 쉽지 않았을 거라는 생각도 들었다. 그런데 며느리 양은선 씨는 한 번도 이 고택을 떠날 생각을 해보지 않았다고 한다.

"불편한 것이 있으면 즉시 개선해서 살았어요. 어머님, 아버님이 불편한 게 있으면 바꾸어주시려고 늘 노력하셨어요. 그래서 불편을 느끼지 않았죠."

양은선 씨는 시부모님에게 전통과 형식에 매이지 않고 합리적인 방법을 찾는 지혜를 배울 수 있었다고 한다. 한번은 그녀가 아이디어를 낸 적도 있었다. 안국동 고택은 집 여러 채가 거리를 두고 있기 때문에 음식을 들고 이동하기가 쉽지 않았다. 특히 비가 오는 날이면 음식을 나르기가 더욱 어려웠는데, 이때 생각해낸 것이 바로 중국 음식점에서 쓰는 배달통이었다. 여기에 음식을 넣어 이동하면 비가 오는 날에도 어려움이 없었다는 것이다.

며느리 양은선 씨는 앞으로도 이 고택을 떠나지 않고 또 시부모님이 쓰시던 그대로 보존하겠다고 했다. 지금도 시부모님이 앉았던 의자 위치 하나까지 바꾸지 않고 있다.

"생전에 쓰시던 물건을 보면 시부모님이 곁에 계시는 것 같아요. 그래서 힘이 나죠."

효심이 남다른 윤보선 가. 지금은 윤보선 대통령의 손자도 결혼을
하여 모두 한 집에 살고 있다고 한다. 이처럼 가족들의 남다른 효심이
있었기에 윤보선 대통령은 역대 대통령으로서는 드물게 고택의 잘 가
꾼 정원처럼 평온한 노후를 보냈던 것 아닐까.

청와대의 식기

청와대의 밥상을 취재하다 보니 청와대에서 쓰는 그릇에도 뭔가 특별한 것이 있지 않을까 하는 궁금증이 생겼다. 앞서 본문에서 윤보선 대통령이 직접 제작한 전용 식기를 사용했다는 사실을 살펴보았다. 그렇다면 다른 대통령들이 청와대에서 지낼 때에도 전용 식기가 따로 있었을까?

청와대 안에서 정식 전용 식기가 등장한 것은 박정희 대통령의 부인 육영수 여사 때였다. 1973년 어느 날, 육영수 여사는 한국도자기의 김동수 전무(현 회장)를 청와대로 불렀다.

"서독에 박정희 대통령이 가셨을 때 선물로 받은 영국 본차이나를 보여주시면서 '이런 걸 혹시 국내

노태우, 김영삼, 김대중 대통령 때 청와대 식기

58

에서 만들 수 없는가. 우리나라도 본차이나를 만들었으면 좋겠다.'고 말씀하셨죠."

영국의 특산 자기인 본차이나는 동물 뼈의 지방과 교질을 빼고 태워 얻은 잿빛 가루를 자토나 고령토와 섞어서 구워 만든 특별한 그릇이다. 그 당시에는 일본도 본차이나를 생산하지 못했고, 국내에서는 2~3천 개를 시도해야 10~20개를 건질 정도로 기술이 미약하기만 했다.

그래도 영부인이 청와대까지 불러 특별 부탁한 것이라 거절할 수 없었다는 김동수 전무. 그는 본차이나를 생산하는 영국의 로얄 덜튼 그룹에 직접 연락하여 자문을 구했고, 직접 2년 동안 유럽을 돌아다니며 기술 제휴를 한 끝에 동양 최초로 국내산 본차이나를 생산할 수 있었다. 청와대의 상징인 봉황 무늬가 새겨진 본차이나 식기를 청와대에 납

박정희 대통령 당시 청와대의 식기

품하는 순간의 감격은 지금도 잊을 수 없다고 김동수 씨는 말한다.

"그 전에는 일제 그릇도 있었고 좋지 않은 그릇도 섞여 있었는데 이렇게 모두 극산 도자기로 바꿔서 납품하니 청와대 측에서도 굉장히 칭찬하셨어요. 사실 저로서는 그때 도자기 공장을 하느라 굉장히 고생도 많이 했지만 그만큼 굉장한 영광으로

한국도자기 김동수 회장과 청와대의 상징인 봉황 무늬가 새겨진 본차이나

생각하고 보람을 느꼈죠."

한국도자기에는 당시 박정희 대통령 부부가 사용했던 식기가 회사 내 사옥 박물관에 전시되어 있다. 육영수 여사의 고등학교 시절 학교 배지에서 아이디어를 얻었다는 방울꽃 무늬가 새겨진 청초한 그릇과 군인 출신 박정희 대통령의 이미지를 떠올리게 하는 식판 모양의 접시가 인상적이다.

이곳 박물관에는 다른 대통령들이 사용한 식기들도 함께 전시되어 있다. 평소 화려한 한복을 즐겨 입던 이순자 여사는 식기 역시 분홍 철쭉꽃 무늬가 새겨진 화사한 것을 사용했다. 또 현대적인 미와 고전적인 미를 동시에 느낄 수 있었던 노태우 대통령의 부인 김옥숙 여사. 그 이미지답게 금색의 십장생과 푸른색 테두리가 조화를 이룬 현대적이면서도 고전적인 식기를 사용했다. 김대중 대통령의 부인 이희호 여사와 노무현 대통령의 부인 권양숙 여사, 그리고 이명박 대통령의 부인 김윤옥 여사까지 청와대에서 이 식기들을 사용한 것으로 알려지고 있다. 대통령과 안주인의 개성 있는 취향과 제작자들의 노력이 합쳐져 청와대 식기는 오늘날까지 계속해서 품격 있는 발전을 해오고 있다.

3. 박정희 대통령의 밥상

박정희(5~9대) 1963년 12월~1979년 10월

박정희 대통령은 우리나라에서 가장 재임기간이 긴 대통령이다. 제 5대~9대 대통령을 지냈다. 그는 교사에서 군인으로, 그리고 대통령 으로 파란만장한 일생을 살았다.

경북 구미시에 가면 박정희 대통령이 태어나고 자란 15평 정도의 초가집이 잘 보존되어 있다. 초등학교 교사 시절 하숙을 했던 청운각 도 새롭게 단장하여 일반에게 공개되었다.

박정희 대통령이 머물렀던 곳은 물론, 살아 있었을 때의 일거수일 투족이 아직도 많은 이들의 관심을 끄는 이유는 무엇일까? 그에 대한 높은 관심에 비해 알려진 이야기가 적어서가 아닐까? 그의 청와대에 서의 삶이 어떠했는지도 많은 이들이 궁금해하는 부분이다. 당시를 기억하고 있는 이들의 이야기를 들어보았다.

각하와 비듬나물 비빔밥

1960년대 말, 청와대의 요리사는 손성실 씨였다. 원래는 포항제철 에서 근무했는데, 포항제철을 방문했던 청와대 고위층이 요리 실력을

경북 구미시에 있는 박정희 대
통령의 생가 풍경

눈여겨보고 스카우트했다. 손성실 씨는 청와대 여러 부서에서 근무했고 경호실 주방에서도 오랜 시간 일했다. 박정희 대통령이 경호실 식구들과 식사하는 일이 잦아 대통령의 식사를 준비하는 기회도 많았다고 한다.

어느 날, 그는 잘 다듬은 나물을 물에 씻고 있다가 움찔 하고 놀란다. 뒤에서 갑작스러운 인기척과 함께 나지막하고 강한 어조의 목소리가 들렸기 때문이다.

"그건 뭔가?"

뒤돌아보니 20대 초반이었던 손성실 씨에게는 하늘 같았던 박정희 대통령이 서 있었다. 박정희 대통령은 청와대를 산책하다가 불쑥 주방의 뒷문을 열고 들어오는 경우가 종종 있었던 것이다.

"비듬나물(비름나물의 사투리)입니다. 각하."
"비듬나물? 내가 좋아하는 건데 왜 나는 안 주고 다른 사람만 주나?"

평범한 나물 반찬이라서 청와대 직원들의 식탁에만 올리려고 준비 중이었던 요리사 손성실 씨. 순간 당황했지만 재빨리 고추장과 된장에 나물을 버무리고 옮겨 담기 위해 허둥지둥 그릇을 찾기 시작했다. 그러자 박정희 대통령이 다시 물었다.

"뭘 찾나?"

"나물 담을 그릇을 찾고 있습니다."

"됐어. 그냥 줘."

"그냥요?"

비듬나물은 낡은 바가지에 담겨 있었다. 대통령에게 바가지 채로 음식을 내놓는 것이 당혹스러웠지만 어쩔 수 없었다.

바가지를 받아 든 박정희 대통령은 비듬나물에 보리밥을 쓱쓱 비빈 뒤, 그대로 들고 먹기 시작했다. 그런데 한참 맛있게 먹다가 곧이어 특유의 낮고 강한 음성으로 덧붙이는 게 아닌가.

"이건 막걸리가 좋은데……."

"막걸리요? 예, 각하."

시골 논두렁에서 논을 매다 잠시 휴식을 취하며 먹는 새참 같은 비듬나물 비빔밥. 그날 박정희 대통령은 이 비듬나물 비빔밥을 아주 맛있게 먹었다고 한다.

박정희 대통령이 이 비듬나물을 특별히 좋아했던 이유는 무엇일까? 경북 구미시 상모동에는 한 작은 초가집이 있다. 1900년에 지어진 15평 남짓한 이 농촌 가옥은 바로 박정희 대통령이 태어나 20세가 되던 해까지 살던 집이다. 모두 다 가난했던 시절이지만, 박정희 대통령의 집은 마을 여러 가구 중에서도 유독 가난했다.

집의 막내로 태어난 박정희 대통령은 어머니의 태중에 있을 때부터 삶이 순탄치 않았다. 가난한 살림에 늦둥이를 낳는다는 것이 버겁게 생각된 어머니는 높은 곳에서 뛰어내리는 등 여러 차례 유산을 시도했다. 하지만 그럼에도 박정희 대통령은 어머니의 뱃속에서 끝까지 살아남았고, 어머니는 늦둥이 막내를 낳을 수밖에 없었다. 여러 차례 유산을 시도했던 것이 미안했던지 낳은 후에는 박정희 대통령에게 더욱 많은 정을 쏟았다.

넉넉하지 못한 형편이었지만 어머니의 사랑을 듬뿍 받으며 어린 시절을 보냈던 박정희 대통령. 초등학교에 입학할 나이가 되자 매일 새벽에 일어나 20리 시골길을 걸어 초등학교를 다녔다. 당시 가정 형편으로는 나막신도 사 신을 상황이 안 되어 비가 오나 눈이 오나 짚신을 신고 걸어 다녔다. 새벽에 나가 왕복 40리 길을 걸어 다니느라, 매일 녹초가 되어 늦은 오후에야 집으로 돌아올 수 있었다.

그러던 어느 봄날, 유난히 허기진 상태로 집에 돌아와 보니 어머니가 부엌에서 무엇인가를 먹고 있었다. 바로 비듬나물과 보리밥을 반씩 섞은 비빔밥이었다. 허름한 부엌에서 홀로 비듬나물 비빔밥을 먹던 어머니는 부엌에 들어선 어린 아들을 발견하고는 "이제 오냐? 같이 먹을래?"하고 바가지를 내밀었다.

말이 떨어지자마자 박정희 대통령은 책보를 맨 채 부엌으로 뛰어들어가 비듬나물 비빔밥을 허겁지겁 먹었다. 허기진 상태에서 먹어서

박정희 대통령이 좋아하는 비듬나물 비
빔밥

였을까? 아니면 어머니의 사랑이 듬뿍 담긴 비빔밥이었기 때문이었을까? 그가 기억하는 최고의 맛이었다고 한다. 그는 최고 권력자인 대통령이 되어서도 변함없이 비듬나물을 좋아했고, 부인 육영수 여사에게 종종 만들어달라고 부탁했다고 한다. 훗날 자서전 『나의 소년시절』에서는 그날 먹은 비듬나물 비빔밥을 별미 중의 별미였다고 회상했다.

박정희 대통령에게 비듬나물은 그냥 나물 반찬이 아니라 어린 시절의 추억이 담긴 밥상이었던 것이다.

대통령도 예외 없는 혼분식의 날

박정희 대통령은 청와대에서 식사를 할 때도 토속적인 음식을 즐겨 먹었다. 그는 해물이 들어간 된장찌개를 좋아했는데, 된장찌개를 먹을 때는 반드시 두부를 넣을 것을 요구했다고 한다.

점심은 간단히 국수를 먹는 것을 좋아했다. 국수를 먹을 때는 깍두기나 김치 외에 다른 반찬은 아무것도 놓지 말라고 했는데, 건강을 걱정한 요리사들이 국수에 슬쩍슬쩍 고기를 넣기도 했다고 한다.

박정희 대통령의 입맛은 소탈하고 한국적이었다. 외국 귀빈이 오거나 미국의 포드 대통령이 방문했을 때는 꼭 한식 만찬을 대접했다. 한식 만찬 테이블에는 편육, 구절판, 전유어 등이 올랐다. 반면 외국 순

박정희 대통령과 어머니 백남의 여사

방을 나갔을 때는 서양 음식이 느끼해 숙소에서 라면을 끓여 먹는 일이 많았다고 한다.

박정희 대통령은 식사할 때 특별한 반찬을 주문하거나 까다롭게 군적이 없었다. 그런 그가 반드시 지키는 게 있었는데, 바로 '혼분식의 날'이었다. '혼분식'이란 쌀에 보리를 섞어 밥을 짓는 것을 말한다. 혼분식의 날에는 보리밥을 먹거나 밀가루 음식을 먹어야 했다. 당시 전국적으로 쌀 생산량이 부족해 혼분식 장려 운동을 펼쳤던 것이다. 청와대에서도 이를 엄격히 지켰다. 혼분식이 시행되는 수요일이면 무슨 일이 있어도 대통령부터 모든 직원이 보리밥이나 국수를 먹어야 했다. "절대 어기지 말라."는 박정희 대통령의 철저한 지시가 있었기 때문이다.

한번은 박정희 대통령이 혼분식의 날에 수원의 한 식당에서 갈비탕을 먹었다. 식당 주인은 대통령이라고 신경 써서 쌀밥을 내왔다. 대통령의 단골 식당이라고 해도 예외는 없었다. 그 식당은 혼분식의 날을 지키지 않았다는 이유로 결국 벌금을 물어야 했다는 후문이다. 그 정도로 혼분식의 날에 있어서는 철두철미했다.

이런 일화도 있다. 어느 날, 청와대 직원이 식당의 남은 밥을 그냥 버리는 것을 대통령이 목격하고 불호령을 내리며 그 직원을 그만두게 했다. 그 후로는 청와대에서 쌀 한 톨도 소홀히 하지 않게 되었다고 한다.

막걸리를 좋아한 대통령

하루하루 바쁘게 생활했던 박정희 대통령이 시름을 풀 때 늘 함께 하던 동료가 있었다. 바로 막걸리다.

"농촌에서 자란 박정희 대통령에게 막걸리는 단순한 술이 아니라, 허기를 달래주는 음식이었습니다."

김정렴 박정희 대통령 전 비서실장의 말처럼, 박정희 대통령은 젊은 시절 끼니 대신 막걸리로 배를 채운 경험이 많았다. 대통령이 되어서도 막걸리를 반주 삼아 식사를 하는 일이 많았는데, 배고픈 시절의 경험 때문이 아닌가 싶다.

하지만 그의 막걸리 사랑에도 아이러니가 있다. 우리나라는 1960년대에 쌀이 부족했기 때문에 쌀 소비를 억제하기 위해 쌀로 빚은 막걸리 제조를 금했다. 바로 박정희 대통령의 정책이었다.

어쨌거나 막걸리를 즐겨 마셨던 박정희 대통령. 그에게 14년 동안 사랑을 받았던 막걸리가 있다는 이야기를 듣고 경기도 고양시에 있는 막걸리 공장으로 발길을 옮겼다. 5대째 막걸리를 빚고 있다는 '배다리 술도가'이다. 이곳과 박정희 대통령과의 인연은 어떻게 시작된 것일까?

1960년대 어느 일요일, 박정희 대통령은 술도가 근처의 골프장에서 골프를 치다가 식당을 찾았다. 식당에서 여느 때처럼 막걸리를 시켰는데 그 맛이 마음에 들었는지 수행원들을 통해 막걸리 공장을 찾게 했다. 그 이후로는 줄곧 단골이 되었다. 박정희 대통령을 반하게 한 막걸리 맛의 특징은 무엇인지 배다리 술도가의 박관원 대표에게 물어보았다.

"우리 막걸리가 다른 막걸리보다 맛이 깊고 진해요."

술 도수가 다른 막걸리에 비해 상대적으로 높은 이곳 막걸리 맛에 박정희 대통령이 반했다는 이야기다. 진한 맛 때문인지 박정희 대통령은 이 막걸리를 마실 때 종종 사이다를 타서 마셨다. 그래서 생긴 신조어도 있다.

"막걸리에다 사이다를 타서 드셨다고 '막사이다'라는 이름이 생겼어요."

박정희 대통령이 좋아한 막걸리라 해서 배다리 술도가는 지금까지도 유명세를 치른다고 한다. 대를 이어 막걸리를 빚어온 장인으로서 처음 청와대에 납품하게 되었을 때, 기쁜 마음과 함께 부담도 컸다. 청와대에 납품하는 음식에는 특히 더 신경을 써야 했기 때문이다.

"잡수시고 나서 부작용이 날까 봐 신경을 많이 썼어요."

대통령에게 납품되는 막걸리이기에 맛 못지않게 보안에도 신경 썼다. 대통령 전용 발효실도 마련했고, 경찰서 정보과장이 그 열쇠를 보관했다. 하지만 한여름 더운 날씨에 재료가 끓어올라 막걸리 발효에 큰 지장이 있었고, 그 후부터 막걸리 공장에서 직접 발효실 열쇠를 관리했다고 한다. 아직도 그 당시 발효에 썼던 항아리들이 남아 있는데 박정희 대통령이 서거한 1979년 10월 26일에도 막걸리 서 말을 납품했다.

박정희 대통령은 육영수 여사 서거 후, 술자리가 잦았다. 그런데 술자리 때마다 항상 막걸리를 먼저 마시고 이후에 양주를 마셨다. 술자리에서 막걸리에 맥주를 섞어 마시는 것도 즐겼다. 교사 시절, 모내기를 할 때 막걸리에 맥주를 섞어 마셨던 맛을 오래도록 잊지 못했기 때문이라고 한다.

대통령이란 직책은 누리는 것도 많지만 그만큼 스트레스가 많은 자리이다. 최고의 권력을 누렸던 박정희 대통령이지만 그 역시 고달프고 외로울 때가 있지 않았을까? 그 빈 마음을 젊은 시절 마시던 막걸리가 채워주었던 것이 아닐까 추측해본다.

농민들과 막걸리를 즐기는 박정희 대통령의 모습, 박정희 대통령의 막걸리를 만들던 배다리 술도가

박정희 대통령의 막걸리를 발효시킨 항아리에 제조 날짜가 적혀 있다.

10.26, 마지막 그날의 점심식사

박정희 대통령은 역대 대통령 중 가장 비극적인 최후를 맞았다고 할 수 있다. 대통령직에서 내려와 초라한 생활을 겪지 않았다 해도 피로 얼룩진 그의 마지막은 씁쓸하지 않을 수 없다. 마지막 그날, 1979년 10월 26일로 돌아가 보자.

충남 예산의 삽교천 방조제. 이른 시간부터 동네 사람들이 모여 있다. 오늘 열릴 삽교천 방조제 기공식에 박정희 대통령이 참석할 예정이기 때문이다. 삽교천은 홍수와 가뭄 때마다 인근에서 농사를 짓는 농민들에게 많은 피해를 주었고, 이를 막기 위해 실시된 몇 년에 걸친 방조제 공사는 박정희 대통령의 큰 관심사였다. 그가 기공식에 참석하기 위해 헬기까지 타고 온다는 소식에, 대통령의 얼굴을 실제로 보기 위해 먼 동네에 사는 사람까지 삽교천으로 모여들고 있었다.

오전 열한 시, 드디어 헬기가 모습을 드러내고 곧이어 박정희 대통령의 모습이 보였다. 박정희 대통령이 등장하자 기공식은 곧바로 거행되었고, 박정희 대통령은 손수 기공식 테이프를 잘랐다. 이어진 기공식 연설에서 그는 "이제 이곳 주민들도 물 걱정, 홍수 걱정 없이 독일 농촌처럼 잘 살 수 있습니다."라고 힘주어 말했다.

기공식이 끝난 후, 박정희 대통령과 일행이 향한 곳은 충청남도 예산에 위치한 '소복갈비'였다. 전쟁 때 시장에서 팔던 갈비가 인기를 얻어 3대째 운영되고 있는 곳이었다. 당시에는 식당이 많지 않았고,

그 지역에서는 맛있는 곳이라고 소문이 나 대통령의 점심식사 장소로 선택된 것이다.

이 식당에서는 갈비를 손님이 앉은 자리에서 굽는 것이 아니라 식당 밖에 있는 화덕에서 구워 팔았다. 식당에서는 기공식 며칠 전에야 박정희 대통령이 온다는 연락을 받았다고 한다. 박정희 대통령이 방문하기 하루 전에는 경호팀이 직접 찾아와 주방 구석구석까지 철저히 조사를 했다.

당시 식당 사장의 아들이었던 김성렬 씨는 박정희 대통령이 점심식사를 했던 날을 이렇게 회상한다.

"까만 승용차 네다섯 대가 들어오는데 대통령께서 어느 차에 탔는지 모를 정도로 똑같은 차들이 쭉 들어가더라고요."

박정희 대통령이 탄 차가 어느 차인지 구별하지 못할 정도로 경호가 철저했다고 한다. 박정희 대통령이 어떻게 식사를 했는지는 자세히 듣지 못했지만 식사 후, 박정희 대통령의 수행원들이 갈비 포장을 부탁했다고 한다.

"수행원 하시는 분들이 좀 싸가셨어요. 맛있으니까 싸가셨겠죠."

청와대 주방의 이야기를 들어보면 박정희 대통령이 수원 식당에서

박정희 대통령의 마지막
공식행사 장소인 삽교천
방조제

박정희 대통령의 마지막 외식 장소인 소복갈비 풍경

파는 갈비탕을 무척 좋아했다고 하는데, 소복갈비도 박정희 대통령의 입맛에 잘 맞지 않았나 싶다.

대통령이 점심식사를 마치고 간 그날, 박정희 대통령의 비보가 전해졌다. 삽교천 방조제는 박정희 대통령의 마지막 공식행사 장소로, 소복갈비는 박정희 대통령의 마지막 외식 장소로 남게 되었다.

주변인들의 이야기에 따르면 박정희 대통령이 총격을 받아 사망한 그날, 대통령은 오전에 삽교천 방조제 기공식에 참석한 후, 기분이 좋은 상태로 즉흥적인 술자리를 벌였다고 한다. 그 자리에서 삶의 마지막 순간을 맞게 된 것이다. 박정희 대통령의 마지막 하루는 희로애락이 모든 담긴 날이었던 셈이다.

4. 최규하 대통령의 밥상

최규하(10대) 1979년 12월~1980년 8월

서울 마포구 서교동에 위치한 이층짜리 단독주택. 이곳에는 30년 된 금성라디오와 50년 동안 사용한 나쇼날 선풍기, 그리고 50년 넘게 찼던 시티즌 손목시계, 달력을 오려 만든 메모지 등 옛 주인의 흔적이 고스란히 남아 있다. '닳고 닳도록 쓴다.' 는 생활신조로 일평생 검약한 삶을 살았던 이 집 주인은 누구일까? 바로 우리나라 제10대 대통령, 최규하 대통령이다.

1919년 강원도 원주에서 태어난 최규하 대통령은 어릴 적부터 성균관 학자였던 할아버지에게 한학을 배웠다. 학교에 다니면서부터 줄곧 수재로 경성 제일 고등보통학교(현 경기고등학교)를 졸업한 후, 일본 도쿄 고등 사범학교에서 유학했다. 그는 해방 후 서울 사범대학교 조교수로 잠시 근무했고, 중앙식량행정처 기획과장으로 자리를 옮기면서부터 공무원의 길을 걷기 시작했다.

이후 그는 국제회의에서 탁월한 영어 실력을 발휘, 외교관으로서 큰 인정을 받으며 고속 승진을 하여 외무부 장관에 이어 국무총리로 4년간 재임했다. 국무총리로 재임하는 기간 중, 10.26 사태로 대통령 권한 대행이 되었고, 통일주체국민회의 선거를 거쳐 우리나라 대통령으로 선출되었다. 하지만 신군부 세력의 12.12 사태와 5.18 광주 민주화 운동 무력 진압에 대해 대통령으로서의 통치권을 행사하지 못하고, 대통령직을 사임했다. 그는 우리나라 역대 최단 재임기간을 가진 대통령으로 남아 있다.

최규하 대통령은 한국 헌정 사상 정당에 관여하지 않은 유일한 대통령이자 직업 공무원으로서 차관, 장관에 이어 대통령이 되었다. 차근차근 정직하게 대통령 자리까지 올랐던 그의 행보가 밥상에서도 드러날까? 우리는 그에 대해 잘 아는 측근부터 찾아가 보기로 했다.

말라빠진 꽁치와 신 김치

권영민 씨는 최규하 대통령이 외무부 장관이었던 시절부터 최규하 대통령과 부인 홍기 여사를 보필했다. 취재팀 일행이 들어갔을 때 그는 서울 강남에 위치한 자택에서 때마침 식사 중이었다. 권영민 씨는 "서둘러 식사를 끝내겠다."며 수저를 들다가 식탁 위의 반찬을 보고 허허허 너털웃음을 터뜨렸다.

"오늘 최규하 대통령에 대해 이야기한다니까 우리 집사람이 꽁치를 준비해놓았네요. 허허허."

꽁치와 최규하 대통령 사이에는 무슨 숨은 이야기가 있는 걸까?

최규하 대통령의 서교동 집과 최규하 대통령의 젊은 시절 모습(위), 최규하 대통령의 흔적이 남아 있는 물건들(중간, 아래)

1969년 최규하 대통령이 외무부 장관이었던 시절, 권영민 씨는 외무부에 갓 입사해 한남동 장관 공관에서 최규하 대통령의 부인 홍기 여사를 도왔다. 당시 홍기 여사는 수석 장관 부인으로서 육영수 여사가 발족한 자선단체 양지회의 총무를 맡았고, 이 일을 보필하는 게 권영민 씨의 담당 업무였다. 당시 권영민 씨는 양지회 바자회에 내놓을 물품을 정리하느라 하루 종일 장관 공관의 창고에서 일할 때가 많았다. 하루는 홍기 여사가 공관에서 밥을 먹고 가라고 권했다.

"그 이전에 한 번 최규하 대통령이 밥을 먹고 가라는데 제가 먼저 나왔거든요. 나와서 생각하니까 그렇게 후회가 되더라고요. 외무부 장관 공관에서 밥을 먹으면 대단히 좋은 음식일 텐데……. 그래서 홍기 여사님의 밥 먹고 가라는 말에 주저 없이 먹겠다고 했죠."

신입사원일 때라, 외무부 장관은 하늘 같은 존재였다. 외무부 장관의 밥상은 과연 어떨지 궁금증을 감출 수 없었다. 그런데 권영민 씨는 밥상 앞에 앉아 깜짝 놀랐다. 밥상 위에는 말라빠진 꽁치와 신 김치, 그리고 콩자반과 라면이 전부였던 것이다.

'설마 이게 다일까?' 반찬이 더 나오기를 기다렸던 권영민 씨는 일부러 천천히 젓가락질을 했다. 그런데 곁눈질로 최규하 대통령을 보니 밥상 위의 반찬을 눈 깜짝할 사이에 깨끗이 다 비우고 있었다.

권영민 씨(위). 최규하 대
통령의 소박한 밥상(아래)

"'아, 잘 먹었다! 참 맛있게 먹었다.' 그러면서 일어나셨죠."

소박하다 못해 초라해 보이는 밥상이지만, 아주 맛있게 먹고 자리에서 일어서는 최규하 대통령을 보고 권영민 씨는 더 이상 아무 말도 할 수 없었다.

"외무부 장관이시라 외국 사람들과 식사할 기회도 많잖아요? 그렇게 드실 줄은 꿈에도 몰랐죠."

상상과는 너무나 달랐던 최규하 대통령과의 첫 식사였다. 커피 한 잔 마시고 가라며 홍기 여사가 팔을 붙잡았지만 권영민 씨는 약속이 있다고 둘러대며 서둘러 공관을 나왔다. 180센티미터가 넘는 키에 덩치도 큰 최규하 대통령이 그렇게 꽁치와 콩자반, 라면으로 식사를 할 줄이야. 사실 권영민 씨는 그 전에 최규하 대통령(당시에는 외무부 장관이었던)의 식사 모습을 눈여겨본 적이 있었다. 지위가 지위인지라 외국인 귀빈들과 식사하는 자리가 많았고, 그런 자리에서 스테이크를 잘 먹는 모습도 보았다. 그래서 평소의 밥상도 비슷할 줄 알았는데 알고 보니 외국 귀빈들 앞에서의 모습은 대외적인 것이었다.

최규하 대통령의 밥상을 보고 처음에는 의아했지만 돌이켜 생각해 보니 충분히 그러고도 남겠다는 생각이 들었단다. 구두 한 켤레도 몇 번을 기워 신었고, 부인인 홍기 여사도 언제나 집안일을 손수 했다.

집에 찾아가면 화덕에서 빨래를 삶는 모습이 일상이었다. 언젠가는 홍기 여사가 웅크리고 앉아서 무엇인가를 적는 모습을 보았는데 알고 보니 콩나물 몇 그램에 얼마까지 세세히 적힌 가계부였다. 이런 두 사람의 밥상이니 꽁치가 나온 것도 감지덕지한 일이 아닐까? 어쨌든 권영민 씨는 지금도 꽁치만 보면 그때 생각이 난다고 한다.

청렴결백 대통령의 청와대 밥상

최규하 대통령은 박정희 대통령의 갑작스러운 서거로 예상치 못하게 대통령직을 수행하게 되었다. 이에 따라 청와대의 밥상에 어떤 변화가 있었는지 권영민 씨에게 물어보았다.

"청와대 검식관이라는 양반이 대통령께서 뭘 많이 드셨느냐고 물어서 국수하고 콩자반하고 꽁치 같은 거를 좋아하신다고 했지요. 그랬더니 허구한 날 콩자반하고 꽁치하고 국수가 나오는 거예요. 재임기간 동안 평생 먹을 냉면, 국수를 다 먹었어요."

청와대 검식관은 대통령과 가족들이 먹는 음식의 안전 여부를 책임지는 사람이다. 대통령이 먹을 음식에 독이나 유해물질이 들어 있는지 먼저 먹어보거나, 아니면 샘플을 채취하여 유해 여부를 검사한다.

유해 여부만이 아니라 음식의 위생 상태도 과학 도구로 측정한다. 위생이 좋지 않은 음식을 먹고 대통령이 탈이 나서 일정에 지장이 생기면 큰일이기 때문이다.

철두철미한 검식관의 보고 때문이었는지 어찌 되었든 비서관이었던 권영민 씨조차 평생 먹을 국수를 다 먹었을 정도였다고 한다. 이쯤되면 최규하 대통령은 국수나 냉면에 신물이 나지 않았을까 싶은데 한 번도 불평하거나 음식을 남긴 적이 없었다고 한다. 밥상에서도 거의 변화가 없었듯이 청와대 생활도 그 이전의 삶과 별다르지 않게 보냈다고 한다.

하지만 이렇게 까다롭지 않았던 최규하 대통령이 경호팀에게는 오히려 모시기 힘든 대통령이었다. "누가 나 같은 사람을 쏘겠냐?"며 경호원들의 경호도 거부하고 비서진과만 단출하게 다니는 일이 많았기 때문이다. 부인 홍기 여사도 이런 면에서는 최규하 대통령과 마찬가지였다. 단골 한복집에 경호원들과 함께 가는 것을 거추장스럽게 여겨, 경호원들을 한복집에 못 들어오게 해달라고 사정사정했다는 후문이다.

홍기 여사는 영부인이 된 직후, 여성지와 인터뷰를 했었는데 한복을 입고 손을 다소곳이 모은 채 손수건을 쥔 모습이 여느 할머니 같아서 좋은 평가를 받았다. 영부인이라는 거리감이 없는 소탈한 모습 때문이었다. 또 그녀는 최규하 대통령의 취임 직전인 1979년 12월 초순에 김치 30포기를 직접 담갔다고 밝혀 화제가 되기도 했다. 영부인이

꽁치와 국수로 차린 밥상

직접 김장을 담갔다는 사실이 당시에는 파격적인 소식이었기 때문이다. 그 김치를 자신의 며느리뿐 아니라 청와대 몇몇 직원들에게도 나눠주었다고 하는데 영부인이 직접 담근 김치를 먹는 기분은 어땠을까?

"부담스럽죠. 말도 못 하게 부담스럽죠. 그렇지만 주시니 안 가져간다고 할 수도 없고, 아이고, 부담스럽다마다요."

권영민 씨는 홍기 여사가 소박하고 친근해서 오히려 직원들이 부담스러워 했다며 허허 웃는다. 최규하 대통령과 부인 홍기 여사는 우리나라의 혼란기 시절, 아무런 준비도 없이 대통령과 영부인이 되었다. 그래서인지 두 사람은 청와대에서도 특별한 삶이 아닌 이전의 생활을 이어가며 청렴결백한 모습을 보였다.

밥상처럼 변함없는 삶

윤보선 대통령과 마찬가지로 군부세력에 의해 짧은 대통령 재임기간을 가져야 했던 최규하 대통령. 1년도 채 안 되는 대통령 재임기간을 거친 뒤 서교동 자택으로 돌아간 최규하 대통령은 어떻게 생활했을까?

1973년 어렵게 봉급을 모아 마련한 집이었던 서교동 자택은 허술하게 지어진 곳이 많았다. 하지만 수리를 하라는 주위의 권유에도 최규하 대통령은 이만하면 살 만하다며 어떤 보수공사도 원치 않았다. 다만 네 평짜리 거실이 너무 비좁아 두 배로 넓혔다고 한다.

살던 집을 보수하지 않았던 것처럼, 최규하 대통령은 예전과 다름없는 생활을 했다. 그는 예전에 오일파동으로 탄광을 찾았을 때, 광부들이 고생하는 것을 보고 평생 연탄보일러를 쓰겠다는 약속을 한 적이 있다. 그 약속대로 항상 연탄을 사용했고 난방 시간은 한 시간을 넘지 않았다. 다소 추운 집에서 생활하며 매일 새벽 다섯 시에 일어나, 신문을 읽고 스크랩을 했다. 아침 일곱 시면 여지없이 비서관에게 전화를 걸어 안부 인사를 건넸다. 또 플라스틱 이쑤시개를 씻어 사용하는 등, 작은 것 하나라도 아끼는 생활을 이어갔다.

전직 대통령으로서 어떤 특권도 누리지 않으려고 했던 최규하 대통령은 공식석상에도 거의 나타나지 않았다. 집에서 보내는 시간이 많았던 그는 대퇴부를 다치기 전까지는 실내 자전거를 타며 신문이나 책을 보는 것으로 소일했다.

최규하 대통령의 기억력은 무척 비상했는데, 보통학교 1학년 시절에 배운 교과서를 줄줄 외우거나 주변 사람들의 이름과 생일을 정확히 기억했다.

이렇게 기억력이 비상했지만 5.18 진상 규명을 위한 국회 청문회 증언을 거절하며 끝까지 침묵했다. 대통령이 재임기간 동안 일어난

일에 대해 해명하는 전례를 남겨서는 안 되고, 그의 증언이 정치적으로 이용될 소지가 있다는 게 그의 입장이었다. 이 때문에 집 앞에서는 증언을 요구하는 시위가 끊이지 않았지만 그는 나오지 않았다.

이후 최규하 대통령은 노인성 치매질환인 알츠하이머병을 앓게 된 홍기 여사를 극진히 간호한 것으로도 잘 알려져 있다. 밥을 일일이 먹여주며, 수첩에 빼곡히 혈압과 혈당 수치를 적는 등, 지극정성으로 부인을 돌보았다. 부인의 발병 후 그의 집 찬장에는 약병이 가득했는데, 이는 최규하 대통령이 자신이 건강해야 부인을 잘 돌볼 수 있다며 건강 관련 약들을 많이 샀기 때문이다.

불법자금과 관련된 대통령 및 주변 사람들의 비리 뉴스가 심심치 않게 들리는 요즘이다. 비록 짧은 임기였지만 최규하 대통령은 청렴결백한 삶을 살며, 대한민국이 바랐던 대통령의 모습을 잠시나마 보여주지 않았나 싶다.

최규하 대통령의 가족사진

5. 전두환 대통령의 밥상

전두환(11, 12대) 1980년 9월~1988년 2월

전두환 대통령이 대통령직에서 물러난 지 24년이 넘는 세월이 흘렀다. 하지만 그는 아직도 많은 논란과 화제가 끊이지 않는 인물이다. 박정희 대통령 서거 후, 계엄사령부 합동수사 본부장이었던 그는 5.18 광주 민주화 운동을 강제 진압하며 무력으로 정권을 장악하였다. 이후 간접선거로 우리나라 대통령에 당선되며 제5공화국을 출범시켰다. 군부 세력으로 대통령이 된 만큼 그의 재임기간에는 시위가 그치지 않았고 대통령직에서 물러난 뒤에는 광주 민주화 운동 유혈 진압과 비자금 문제로 감옥까지 다녀와야 했다.

최고 권력자에서 죄수복을 입고 감옥 생활을 하는 극과 극의 인생을 살았던 전두환 대통령! 그는 지금까지도 비자금 반환 문제로 많은 논란을 낳고 있는데 재임 시절에는 대통령과 가족에 대한 소문이 유난히 많았다. 무력을 동원해 정권을 잡은 그인지라, 세력도 컸고 비밀리에 진행된 일도 많았기 때문이다. 혼란스럽고 어수선했던 전두환 대통령의 재임 시절로 한번 돌아가 보자.

축구 선수들과의 회식 약속

1982년 프로야구 원년 개막경기! 우리나라 야구 역사의 새로운 장
이 열리던 이날, 경호원들의 삼엄한 경비 속에서 시구를 하는 이가 있
었으니, 바로 전두환 대통령이었다. 취임 후 전두환 대통령이 중점적
으로 추진한 정책은 다름 아닌 스포츠의 발전이었다. 프로야구와 프
로축구를 창단하여 스포츠 전성시대를 연 것이다.

전두환 대통령이 제5공화국에서 스포츠를 크게 육성시킨 목적을
두고 여러 가지 견해가 있다. 그중 하나가 국민의 관심을 스포츠로 돌
리기 위해서라는데, 청와대 출입 기자였던 송국건 영남일보 본부장의
말을 들어보자.

"그 당시에는 보통 독재국가나 정치 후진국에서 '3S 정책'을 많이 펼쳤
어요. 스포츠, 스크린, 섹스 3S 정책을 펼침으로써 국민들이 정치에 관심
을 덜 갖도록 유도했죠. 5.18 광주 민주화 운동 무력 진압 등 여러 가지 문
제점을 안고 대통령이 된 전두환 대통령도 국민들의 관심을 돌리기 위해
스포츠를 육성했다는 이야기를 들었죠."

이렇게 자신의 정치적 목적을 위해 스포츠 전성시대를 이끌었다는
평가를 듣고 있는 전두환 대통령. 하지만 그와 스포츠의 개인적인 인
연 역시 오래전부터였다고 한다.

1931년 경남 합천에서 태어난 전두환 대통령은 어린 시절 그리 유복하지 못했다. 아버지가 빚보증을 잘못 서고 일본 순사와 마찰을 일으켜 만주로 피신해야 했고, 남은 가족들은 생계에 어려움을 겪어야 했다. 전두환 대통령도 소학교 등록금을 제때에 내지 못해 다른 아이들보다 2~3년 늦게 졸업했다.

그 후 대구 공업 중학교에 이어 대구 공업 고등학교에 진학한 전두환 대통령은 돈을 벌며 학교를 다녀야 하는 고학생 생활을 했다. 이런 그에게 한 가지 낙이 있었으니, 바로 축구였다. 전두환 대통령은 축구에 남다른 소질이 있어 시합 때마다 골키퍼로 뛰었다고 한다. 6.25 전쟁 후 육사에 진학하면서도 계속 축구를 했고, 육사 시절에도 골키퍼를 맡아 맹활약하여 육사가 전국대학 축구대회에서 준결승에 진출하는 쾌거를 올리기도 했다.

군인 시절에도 그의 축구에 대한 관심과 열정은 남달랐다. 그 시절, 전두환 대통령을 만났던 박종환 전 축구감독의 이야기를 들어보자.

"전두환 대통령과 처음 만난 것은 1975년, 우리가 서울시청 축구단을 창단했을 때예요. 선수들을 정신교육 차원에서 1공수여단에서 훈련하게 했는데, 그 1공수여단이 바로 전두환 대통령이 공수여단장으로 계신 곳이었어요."

전두환 대통령은 공수여단장으로 바쁜 와중에도 축구선수들을 살

뜰히 챙겼다. 훈련을 전격 지원한 것은 물론 사비를 털어 회식 자리를 자주 마련해주었다. 그러다 보니 전두환 대통령과 박종환 감독은 격의 없이 가까워졌고, 두 사람의 우정은 대통령이 된 뒤에도 계속 이어졌다.

청소년 축구 멕시코 4강 진출로 박종환 감독이 국가대표 축구 감독이 되자, 전두환 대통령은 박종환 감독을 청와대로 불러 선수들의 기용과 작전에 대해 조언과 지시를 했다고 한다. 그 후 박종환 감독이 프로축구팀 감독을 맡았을 때에도 전두환 대통령은 자주 프로축구 경기가 열리는 축구장을 찾아 박종환 감독이 맡고 있는 팀을 응원했다.

선수들은 전두환 대통령을 무척 기다리고 좋아했다는데 그 이유는 바로 전두환 대통령이 제공하는 푸짐한 회식 때문이었다.

"전두환 대통령은 회식 때 거의 대부분 고기를 주문했어요. 해산물이나 회 같은 것보다 고기를 좋아하셨죠."

회식 때마다 고기를 잘 사주는 전두환 대통령에게 선수들은 우승하면 갈비를 사달라고 요청했다. 그 후 박종환 감독의 팀이 우승을 했지만 전두환 대통령이 한턱을 낼 수 있을지는 미지수였다. 5.18 광주 민주화 운동 무력 진압과 비자금 조성 문제로 법정에 출두해야 했기 때문이다. 전두환 대통령에게는 풍전등화 같은 상황이었다. 언론에서도 과연 전두환 대통령이 선수들과의 회식 약속을 지킬 것인가에 관심이

쏠렸는데, 그 상황에서도 전두환 대통령은 회식 약속을 지켰다는 후문이다.

전두환 대통령이 스포츠를 정치에 이용하기 위해서였는지, 아니면 순수한 마음으로 좋아하는 스포츠를 육성했는지는 알 수 없다. 하지만 그가 제5공화국에서 이끌었던 스포츠 활성화가 현재 우리나라 스포츠계가 큰 발전을 이루는 데 도움을 주었다는 게 송국건 영남일보 본부장의 의견이다.

"전두환 대통령 때 엘리트 스포츠가 육성이 됐는데, 그 결과로 우리나라가 88 서울 올림픽도 유치하고, 2002년 월드컵도 유치해서 성공을 거둔 밑거름이 됐죠."

박종환 감독은 좀 더 구체적으로 제5공화국의 스포츠 육성 성과를 밝혔다.

"월드컵을 유치하고 싶은 나라는 많지만 프로축구 팀이 있어야만 월드컵 유치가 가능해요. 전두환 대통령이 프로축구를 창단한 것이 결과적으로 2002년 월드컵을 유치하게 된 계기였죠."

전두환 대통령의 프로축구팀 창단을 시작으로 우리나라가 월드컵에 참가할 자격이 생겨났고, 2002년 월드컵 신화를 이루게 되었다는

박종환 축구 감독(위). 2002년 월드컵 응원이 펼쳐졌던 광화문(아래)

이야기다. 2002년 월드컵 당시 광화문에는 붉은 응원 물결이 가득했다. 사실 광화문은 전두환 대통령 집권 당시 그를 반대하는 수없이 많은 시위가 일어났던 곳이다. 같은 장소에서 전두환 대통령의 스포츠 육성으로 가능해진 월드컵 축구 경기를 목 놓아 응원하기도 했다니, 참으로 아이러니한 일이 아닐 수 없다.

청와대 밥상의 진실 혹은 거짓

다시 밥상 이야기로 돌아와서, 전두환 대통령의 밥상에는 무엇이 올라갔을까? 다른 대통령들의 식사와는 사뭇 다른 무엇인가가 있을 것 같아 더욱 궁금증을 안고 그의 밥상을 취재하기로 했다.

취재진은 전두환 대통령의 재임 시절 담당 요리사부터 만나보았다. 지금은 유명 한식집에서 고문을 맡고 있는 그에게 어떻게 청와대와 인연을 맺게 되었는지 물었다.

"저는 원래 신라호텔 서라벌 주방에서 일하다 10.26 사태가 일어난 다음 날 아침부터 청와대에 가게 됐어요."

박정희 대통령의 시대가 끝난 10.26 사태 이후, 혼란스러운 분위기 속에서 요리사를 급히 구할 수 없었던 상황이었을까? 갑자기 신라호텔에 요리사를 충원하라는 연락이 왔다. 그래서 자신의 의사와 상관없이 청와대에서 근무하게 되었다고 한다. 솔직히 부담스럽고 자유롭지 못할 것 같아 청와대 요리사를 거부하고 싶었지만, 위에서 내린 결정이니 어쩔 수 없이 따라야 했다.

수십 년 호텔에서 일한 경력을 갖고 있었지만 전두환 정권 당시 청와대에서 요리를 할 때에는 긴장감을 떨쳐버릴 수 없었다고 한다. 대통령이 먹는 음식을 준비한다는 부담감과 함께 군사정권인지라 자칫 실수하면 큰일이 날 것 같았기 때문이다. 자신뿐만 아니라 다른 요리사들도 마찬가지였다. 그래서 음식을 만들기에 앞서, 긴장감과 부담감을 떨쳐버리는 게 급선무였다.

"긴장하면 좋은 음식을 만들 수 없고 과일을 깎다가 손을 다칠 수도 있죠. 그래서 항상 마음을 풀어놓고 암시를 해요. 우리 집에서 '부모님이 잡수시는 음식을 만들고 있다.', '손님한테 대접할 음식을 만드는 거다.' 이렇게 생각하면 마음이 한결 편해지죠."

처음에는 검식관이 옆에서 요리하는 모습을 지켜보는 것도 삼가달라고 부탁했다. 자연스럽게 요리를 해야 제 실력이 발휘된다는 그의 말에 다행히 검식관도 수긍하여 편안한 마음으로 요리하도록 도와주었다고 한다. 그런 마음으로 요리한 음식은 어떤 것들이었을까?

앞서 전두환 대통령이 운동선수들을 위한 회식 자리에서 갈비를 주로 택했다는 이야기가 나왔다. 선수들에게 힘을 북돋아주기 위해 속 든든하라고 갈비를 사주었겠지만, 대통령 자신의 음식 취향도 육식을 좋아했던 게 아닐까 싶다.

"청와대에서도 고기를 좋아하셔서 갈비나 너비아니구이를 자주 상에 올렸지만, 매일 고기를 드리진 않고 채소와 생선을 골고루 해서 드렸어요."

예상대로 청와대에서도 육식을 즐겼지만 나라를 돌보는 대통령인 만큼 건강에도 신경을 써야 했다. 요리사들은 고기 요리뿐 아니라 다른 음식도 다양하게 상에 올려 영양의 균형을 맞추려고 노력했다. 같은 고기 요리도 고기 종류와 조리법을 달리했다.

"쇠고기를 재료로 한다면 너비아니라든가 갈비라든가 이렇게 하고, 갈비탕과 육개장을 한 번씩 끓일 때도 있고, 닭 요리를 하자면 영계백숙이라든가 닭다리 튀김 등을 하면서 보통 보름, 열흘 간격으로 드리지요."

이렇게 다양한 고기 요리를 일정한 간격을 두고 밥상에 올린 이유는 대통령은 거의 외식 없이 청와대 안에서만 식사를 하기 때문이었다. 영양도 중요하지만 지루하지 않게 식사를 하도록 노력을 기울였다. 아무리 좋고 맛있는 음식도 거의 매일 먹으면 질릴 수 있다는 사

육식을 좋아했던 전두환 대통령은 다양한 고기 요리를 즐겼다.

실을 호텔 요리 경험을 통해 느꼈기 때문이다. 그렇다면 호텔 음식과 청와대 음식은 어떤 차이가 있을까?

"밖에서 하는 요리와 안에서 하는 요리가 거의 같아요. 차이점을 찾자면 청와대에서는 더 담백하게 하지요. 호텔에서 요리할 때는 고기를 연하게 하기 위해 딴 재료를 넣을 때가 많은데, 청와대에서는 순수한 식자재에 배를 갈아 넣는 정도예요. 청와대라고 해서 유별나게 하지는 않았어요."

청와대에서는 호텔과는 달리 가정식 요리를 주로 하기 때문에 일반 가정에서 하는 음식과 특별하게 다르지 않았다는 이야기다. 그렇다면 식자재는 좀 다르지 않았을까? 고기는 어디에서 샀을까?

"효자동의 평범한 정육점에서 사와요. 대통령이라고 특별한 데서 사온다고 생각하는 사람이 많은데, 청와대 역시 가까운 데서 장을 보죠."

고기는 청와대 근처의 정육점을 이용하고, 채소는 동대문 광장 시장 안에 있는 채소 가게를 이용한다고 한다. 시중에서 청와대 납품이라고 선전하는 업체는 대부분 사실이 아니다. 청와대에서 식자재를 구입할 때 청와대에서 사간다고 밝히지 않기 때문이다. 파는 사람조차도 이 식자재를 대통령이 먹는다는 사실을 모르는 경우가 많다.

들고 보니 청와대에서도 평범한 데서 재료를 구입해 평범한 요리를 만들어 먹었다는 이야기다. 하지만 당시에는 전두환 대통령에 대한 무수한 소문이 떠돌았다. 그중 하나가 전두환 대통령의 가족이 금가루를 뿌린 식사를 한다는 이야기였다. 당시 전두환 대통령의 식사 담당이었던 요리사에게 소문의 진상 여부를 조심스럽게 물어보았다.

"밖에서 먹는 거랑 똑같았어요. 들리는 이야기로는 금가루를 먹었네, 어쩌네 하는데 들을 때마다 그렇지 않다고 얘기를 해주죠."

자신이 근무했을 당시, 청와대에서 그런 특별한 재료로 요리를 한 적이 없고 청와대 주방에는 검식관이 있기 때문에 외부에서 만들어온 음식은 대통령과 가족이 절대 먹을 수 없다고 강조했다.

요리사의 이야기를 듣다 보니, 특별한 재료를 넣지 않아도 영양가 있고 맛 좋은 음식을 만들 수 있는데, 굳이 그럴 필요가 없었다는 얘기로도 들렸다.

그의 이야기에 따르면 대통령의 식사를 준비하면서 영양과 맛에도 심혈을 기울여야 하지만 가장 신경 써야 할 것은 식사 시간 엄수라고 한다. 식사 시간에 차질이 생기면 그날 대통령의 일정에 차질이 있기 때문이다. 보통 사람들에게는 식사 시간 이삼십 분 늦는 게 크게 대수롭지 않은 일이지만 많은 일정을 소화해야 하는 대통령의 식사 시간이 늦어지면 도미노 현상으로 모든 일정에 차질이 생긴다.

특히 외국 귀빈과의 만남 등 시간을 엄수해야 하는 일이 많은 대통령이기에 식사 시간을 지체하지 않는 것이 불문율이다. 이렇게 식사 시간을 딱딱 맞추기 위해 청와대 요리사들에게는 어느 정도 요령이 필요하다고 한다.

"오찬에 갈비구이를 해야 한다면 갈비는 미리 양념해서 재워놓고 있다가 열두 시 반이나 한 시쯤 되면 한 십 분 간격으로 조금씩 구워놓는 거죠. 위에서 '식사 가지고 올라와라' 하면 바로 가야 되니까 그런 식으로 시간을 맞추는 거죠."

2~3인 분의 요리를 내가야 한다면 5~6인 분 정도로 넉넉히 장만해서 어느 시간에든 따뜻한 음식을 먹을 수 있도록 준비하는 게 중요하다. 아무리 대통령이 바쁘다고 해도 식은 음식을 내놓을 수는 없기 때문이다. 언제 식사를 요청하더라도 신속하게 따끈한 음식을 장만하는 요령이 필요하다. 그래서 청와대 주방 식구들 모두는 식사 시간이 되면 모든 신경이 곤두서 있다고 한다.

듣고 보니 청와대 요리사는 요리 실력만 좋다고 되는 게 아니다. 눈치와 순발력이 적절히 있어야 우리나라 최고 통치자, 대통령의 식사를 준비할 자격이 되는 모양이다.

대통령 식성 X파일

그렇다면 청와대 주방이 지금과 같은 시스템을 갖추게 된 것은 언제부터일까? 호텔 출신 요리사들이 주방에 대거 투입된 것은 전두환 대통령 때부터라고 한다. 전두환 대통령의 담당 요리사에게 좀 더 자세한 정보들을 물어보았다. 가장 궁금한 점은 대통령의 식사를 몇 명이서 담당하는가였다.

"한식, 양식, 일식 담당 요리사가 한 명씩 있고, 그 밑으로 반찬과 밥, 그리고 설거지를 담당하는 찬모 아주머니가 각각 한 명씩 있어요. 이렇게 6~7명이 주방에서 한 팀을 이루고 있죠. 식당에는 음식 서빙을 하는 남자 직원이 세 명 있고요."

식단표가 나오면 세 명의 요리사가 각기 나눠 음식을 조리하고, 옆에서 찬모 아주머니들이 설거지 및 보조를 하는 형식으로 주방 업무가 이루어진다.

요리사들의 하루 일과는 어떻게 될까? 대통령 때마다 각기 차이가 있지만 전두환 대통령의 재임 시절에는 요리사들이 오전 여섯 시까지 청와대로 출근했다고 한다. 그 당시 전두환 대통령의 자녀들이 학교를 다니고 있었기 때문이다.

"전두환 대통령의 자녀가 그 당시 초등학생, 중학생, 고등학생까지 골고루 있었어요. 그래서 도시락을 싸기 위해 일찍이 청와대에 도착해야 했죠."

청와대에 도착하면 먼저 대통령 자제들의 도시락을 쌌다. 반찬은 일반 가정식의 반찬과 별반 다르지 않았다. 문제는 하교 후 저녁 시간이다. 한참 먹을 것이 당기는 10대 아이들이었는데 청와대 검식관이 저녁에 퇴근을 하고 나면 야식을 먹을 수 없어 힘들어하기도 했다.

대통령 자제들의 도시락을 준비하고 난 후, 서둘러 대통령의 식사를 준비한다.

"대통령의 식사 시간은 정확해요. 아침은 여덟 시에 시작하시고, 그 다음 집무실로 나가셨죠."

오랜 군인 생활을 했기 때문일까? 전두환 대통령의 식사 시간은 매우 규칙적이었다. 청와대 주방 담당자로서는 일하기가 훨씬 수월했을 것 같다. 대통령의 식사 모습은 어떠했을까?

"전두환 대통령은 식성이 참 좋아요. 가족들도 다 대통령의 식성을 따라갔죠. 식사하면서 맛없다고 하신 적이 없어요."

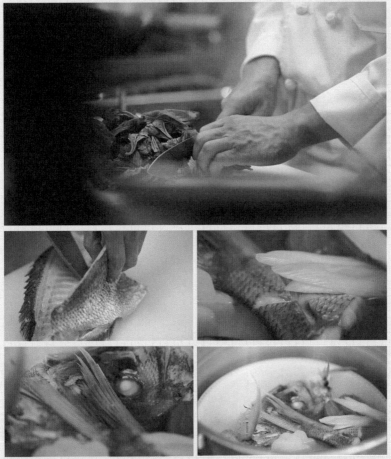

청와대 요리사들은 식사 시간을 지키는 것이 무엇보다 중요하다. 그래서 재료 손질과 음식을 나르는 시간까지 정확하게 계산해서 움직였다.(김영삼 대통령이 즐기던 도미 술찜)

하지만 아무리 식성이 좋은 대통령이라 할지라도 좋아하는 음식과 싫어하는 음식이 있기 마련이다. 이것을 꼭 말로 표현하지 않아도 알아서 식사를 내놓아야 하는 게 요리사들의 몫이다. 요리사들은 어떻게 대통령의 식성을 추측했을까?

"무국을 잡수면서 더 달라 하시면 이걸 좋아하시는구나, 무국을 일주일에 한두 번은 끓여야겠다는 감이 오죠."

이런 정보들은 음식을 내가는 웨이터 직원들에게 얻었다. 요리사들이 주방 안에서 요리만 하고 직접 서빙을 하지 않기 때문이다. 이렇게 정보를 수집하다가 대통령이 싫어하는 반찬이라는 감이 오면 특별히 연구를 거듭해야 했다.

"예를 들어 시금치나물을 상에 올렸는데 반만 잡수셨다든가 또는 잡수지 않으셨다면 약간 싱겁구나, 아니면 약간 짰구나 이런 생각을 하죠. 또 마늘이 많이 들어가서 안 잡수셨을까 하면서 연구를 하지요."

이렇게 청와대 요리사들은 대통령이 남긴 음식을 보며 어떤 음식을 좋아하고 싫어하는지를 세세히 분석하며 연구를 거듭했다고 한다.

대통령이 입맛을 잃었다면

"대통령이 식사가 입맛에 안 맞으면 어떻게 일을 하겠어요? 일반 사람들도 식사가 입맛에 맞지 않으면 짜증이 나는데, 나랏일을 돌보는 사람인데 특별히 신경을 써야죠."

대통령은 자신의 기호나 음식 습관 때문에 잘 안 먹을 때도 있지만, 나라 안팎의 크고 작은 문제가 있을 때도 입맛을 잃기 마련이다. 전두환 대통령의 경우에도 연일 끊이지 않는 시위로 심사가 좋지 않은 날이 많았을 터, 이렇게 나라가 혼란스러울 때 요리사들은 어떻게 대처했는지 궁금하다.

"심기가 불편하실 때는 음식에 좀 더 신경을 써서 싱겁게 한다거나 푸근한 음식 같은 안정적인 음식을 해드리죠. 예를 들면 평소 된밥을 잡수셨어도 심기가 불편하실 것 같은 날은 약간 질게 해드리는 식으로 감을 잡아서 하지요. 안 그랬다면 8년이란 시간을 같이 지낼 수 없었을 거예요."

척하면 척이라고, 대통령의 마음이 불편한 날이면 속 편한 음식을 특별히 장만했다는 청와대의 요리사들. 이런 정성 때문인지, 전두환 대통령은 퇴임이 얼마 남지 않았을 때, 따로 고마움을 표했다고 한다.

"1988년인가 퇴임하실 때 우리 주방 팀 7~8명을 다 불러놓고 '내가 8년 이상 있으면서 식사할 때 모든 것이 티 하나 없고 밥에서 돌 하나 씹어본 적이 없다. 그래서 참 고맙다.'고 말씀하셨죠."

전두환 대통령의 재임기간인 8년 동안 청와대의 요리사들은 오로지 대통령의 밥상에만 신경을 썼다. 자신의 임무이고 책임이었기에 최선을 다한 것이었는데 대통령에게 감사의 표현을 듣고 가슴속 깊이 뿌듯함을 느꼈다고 한다. 정치적으로는 서슬이 퍼런 시절이었지만 그래도 한 공간 안에서 대통령과 요리사는 '밥'이라는 따끈따끈한 매개체로 인간적인 정을 나누고 있음을 깨달았다.

'한국 사람은 밥심'이라는 말이 있다. 이는 대한민국 국민인 대통령에게도 해당되는 말일 것이다. 그래서 대통령에 대한 세상의 평가나 판단과는 상관없이, 청와대 요리사들은 오늘도 사명감을 얹어 대통령의 밥상을 차리고 있다.

6. 노태우 대통령의 밥상

노태우(13대) 1988년 2월~1993년 2월

노태우 대통령은 6.29 선언 후 실시된 1987년 대선에서 승리하여 제6공화국을 탄생시킨 제13대 대통령이다. 1987년 대선은 직접선거를 통해 대통령을 뽑는다는 사실에 대한민국 국민들의 관심과 열기가 대단했다. 이에 따라 대통령 후보들의 선거 전략도 다양했는데, 군인 출신 정치가였던 노태우 대통령은 보통 사람임을 내세우는 전략으로 사람들의 호감을 샀다. 한 개그맨이 방송에서 오랫동안 흉내 내어 큰 웃음을 안겨주었던 "보통 사람입니다~ 이~사람을 믿어주세요!"라는 유행어를 기억하는가? 이것이 바로 1987년 대선에서 노태우 대통령이 특유의 경상도 억양으로 했던 말이다. 지금까지도 많은 이들이 기억할 정도로 자신이 보통 사람임을 내세웠던 노태우 대통령. 그의 입맛과 식성은 과연 보통 사람이었을까? 청와대에서 노태우 대통령의 식사를 담당했던 요리사 이근배 씨를 찾아가 보았다.

보통 사람의 보통 밥상

"노태우 대통령이 평소 즐겨 먹었던 음식이 뭐죠?"

"가리지 않고 잘 드셨지만, 아욱국을 특히 잘 드셨죠."

아욱국? 노태우 대통령이 얘기했던 '보통 사람'이 평범하고 소탈한 삶을 사는 사람을 얘기하는 것이라면 본인의 말처럼 입맛만은 보통 사람이었던 모양이다. 그의 정치 행보가 보통 사람이었는지는 잘 모르겠지만 말이다.

프라자호텔에서 근무하다가 청와대로 근무지를 옮긴 요리사 이근배 씨는 처음 대통령이 좋아하는 음식에 대해 듣고 적지 않게 충격을 받았다고 한다.

"대통령이 드시는 음식이라 하면, 신선로나 갈비류 같은 음식만 생각했거든요. 그런데 의외로 소박한 음식을 많이 좋아하세요."

노태우 대통령은 요리사가 깜짝 놀랄 정도로 소박한 음식을 즐겨 먹었다고 한다. 특히 된장이 들어간 음식을 좋아했는데 그중에서도 아욱국을 아주 좋아했다고 한다. 아무래도 국정을 돌보다 보면 신경 쓸 일이 많아 소화가 잘 되는 음식을 찾았던 것일 수도 있다. 요리사 이근배 씨는 대통령이 아욱국을 많이 찾은 이유로 친숙함을 꼽았다. 노태우 대통령을 위해 끓인 아욱국은 된장을 푼 국물에 아욱을 넣는 게 전부인 그야말로 평범하고 평범한 아욱국이었기 때문이다.

노태우 대통령이 가장 좋아하는 음식인 아욱국

"옛날 말에 '아욱국 끓일 때는 문을 닫고 끓인다.'라는 말이 있지 않습니까? 어릴 적에 아욱국을 많이 드시지 않았나 싶어요. 아욱국 말고도 몸이 아플 때 특별히 찾는 음식이 있었어요. 몸이 좀 으스스하다 싶을 때마다 갱시기국을 찾으셨죠."

갱시기국은 콩나물, 멸치, 김치, 밥을 넣고 푹 끓인 경상도 토속 음식으로, 우리가 흔히 아는 콩나물국밥과 비슷한 음식이다. 노태우 대통령은 몸살 기운 등이 느껴지면 이 갱시기국을 끓이라는 특별 지시를 주방에 내렸다고 한다. 경상도 토속 음식이라 처음 이 요리를 접하게 된 요리사들은 적지 않게 당황도 했을 듯하다. 다행히 사저에서 일하던 분에게 대통령이 좋아하는 요리 몇 가지를 미리 배워놓아 잘 대처할 수 있었다.

이외에도 노태우 대통령은 장떡, 빈대떡 등 어렸을 때 먹던 음식들을 좋아했다. 반면 비린내가 많이 나는 생선을 싫어해 생선 요리를 할 때는 도미나 옥돔 같은 생선을 많이 사용했다고 한다. 또 맵거나 짠 음식을 잘 먹지 않아 담백한 생선찜을 올릴 때가 많았다.

당시 청와대 요리사들은 겨울이 다가오면 떡갈비를 자주 마련해 밥상에 올렸다. 겨울 기력 보충을 위해 단백질이 풍부한 육류를 자주 준비했는데, 떡갈비가 소화도 잘 되어 노태우 대통령에게 안성맞춤이었기 때문이다.

당시 청와대에서 만들었던 떡갈비의 조리 비법은 무엇일까? 떡갈

갱시기국은 콩나물, 멸치,
김치, 밥을 넣고 푹 끓인
경상도 토속 음식이다.

비는 뼈에서 고기를 떼어내 잘 다져서 양념한다. 그 다음 양념한 고기를 뼈에 다시 붙이고 불판에서 굽는다. 떡갈비는 뼈를 붙이는 경우와 안 붙이는 경우가 있는데, 뼈를 다시 붙이는 게 보기에 좋고 먹기도 좋다. 떡갈비를 구울 때는 강한 불로 표면을 익게 만든 후, 불을 약하게 조절해 서서히 안까지 익히는 요령이 필요하다.

대통령의 만찬가-베사메무쵸

노태우 대통령은 한국적인 음식을 좋아하는 것과 달리 식사 자리에서 기분이 좋을 때 부르는 노래는 한국적인 것이 아니었다.

"노태우 대통령은 육사 시절부터 <베사메무쵸>를 기가 막히게 잘 불렀습니다."

육사 시절, 노태우 대통령은 키가 크고 인물이 훤해 기수를 할 정도로 출중했다고 한다. 반면 성격은 무척 온순하고 말이 없었다. 친구들이 빵을 달라고 하면 순순히 내주고, 동기들끼리 싸움이 빈번했던 단체생활에서 한 번도 다툼을 일으킨 적이 없었다고 한다.

그런데 이렇게 내성적이고 얌전한 성격이었던 노태우 대통령이 어느 날 사고를 쳤다.

겨울철 단백질 보충을 위해 청와대 주방에서는 떡갈비를 자주 만들었다.

당시 육사 생도들은 순번을 정해 방송 스피커로 전달사항을 알렸다. 그런데 노태우 대통령이 자신의 차례가 되자 전달사항을 말하는 대신 〈베사메무쵸〉를 간드러지게 불렀던 것이다. 이 사건으로 노태우 대통령은 기합을 받아야 했지만 동기생들은 노태우 대통령의 새로운 면모를 볼 수 있었다.

노태우 대통령은 언제부터 음악을 좋아했을까? 어린 시절 농사를 지어 겨우 먹고살 정도로 가정 형편이 넉넉하지 못했는데도, 음악을 좋아했던 노태우 대통령의 아버지는 바이올린, 퉁소, 유성기를 사들였다고 한다. 그리고 어린 노태우 대통령을 무릎에 앉혀놓고 유성기에서 흘러나오는 음악을 감상하는 일이 많았다.

이러한 아버지의 영향으로 노태우 대통령은 어린 시절부터 음악을 유달리 좋아했던 것이 아닐까 싶다. 훗날 교통사고로 아버지를 갑자기 잃게 되었는데, 아버지가 보고 싶을 때마다 홀로 유성기를 듣거나 악기를 연주하며 음악과 더 가까워지지 않았을까 추측해본다.

노태우 대통령은 노래를 잘 불렀을 뿐 아니라 퉁소 등의 악기를 잘 연주했고, 군 지휘관 시절 부대가를 직접 작사, 작곡하는 실력을 발휘하기도 했다.

"노태우 대통령은 음악에만 소질이 있었던 게 아니에요. 운동도 아주 잘했어요. 백 미터를 11초에 뛰는 럭비 선수였답니다."

노태우 대통령의 밥상에는 아욱국, 갱시기, 산나물 등 토속적인 음식이 많이 올랐다.

육사 동기인 이상훈 전 국방부 장관은 이런 말을 하기도 했다. 육사 시절 노태우 대통령은 달리기를 잘해 육상부에 가입할 것을 권유받았다고 한다. 하지만 그 전에 동기들과 럭비 팀이 생기면 럭비 팀에 들어가겠다고 약속한 상태였기 때문에 이를 고사했다. 그리고 후에 럭비 팀이 창단되자 럭비 팀 주전으로 활약하며 많은 공을 세웠다. 특히 달리기를 잘해 터치다운의 명수였다. 매번 득점을 성공시켜 학생들에게 인기가 있었다고 한다.

음악, 운동에 관심이 많았던 노태우 대통령, 다시 그의 밥상으로 돌아가 보자.

불어 터지지 않는 떡국 만들기

노태우 대통령 시절 청와대 주방에서 요리했던 특이한 음식 중 하나는 떡이다. 청와대에서 떡을 직접 찌기도 했다. 이유인즉슨 노태우 대통령이 재임 시절에 딸과 아들을 결혼시켰기 때문이다. 하지만 품이 많이 들어 노태우 대통령 이후에는 방앗간에서 떡을 맞춤 주문한다는 후문도 있다.

노태우 대통령은 자식들의 결혼식 등 역대 대통령 중 재임기간에 집안 경사가 가장 많았다. 그래서 사돈과 함께 청와대에서 식사를 하는 경우도 종종 있었다. 명절날 사돈과 식사를 하는데 떡국이 불어 터져 대통령 부부를 당황시킨 일도 있다고 한다.

청와대에 손님이 많이 오다 보니 많은 양의 떡국을 끓여야 했는데, 미리 준비해놓는다는 것이 그런 불상사를 초래했던 것이다. 그때 혼쭐이 난 요리사들은 많은 양의 떡국도 불어 터지지 않게 만드는 방법을 열심히 연구했다. 결국 떡을 실온에서 말랑말랑하게 보관하여, 밥상에 나가기 직전에 넣는 신기술을 개발해냈다.

고향 음식을 즐기며, 손주들과 함께 행복한 대통령 재임기간을 보냈던 노태우 대통령! 하지만 그 역시도 퇴임 후에는 비자금 문제와 광주 민주화 운동 무력 진압 등에 연루되어 감옥 생활을 해야만 했다. 최근에는 몸이 안 좋아 병원에 장기간 입원하고 있다는 소식이 들리고 있다. 아직도 아플 때면 고향에서 먹던 갱시기국을 찾는지 궁금해진다.

7. 김영삼 대통령의 밥상

김영삼(14대) 1993년 2월~1998년 2월

　　26살에 최연소 국회의원이 된 김영삼 대통령. 이후 9선 의원을 거쳐, 제14대 대통령이 되었다. 오랜 야당 생활과 가택연금 등 녹록하지 않은 정치 인생길을 걸었던 그는 중학교 시절부터 대통령을 꿈꿨다고 한다. 수십 년 동안 대통령이 되겠다는 꿈을 가슴에 품었던 그가 정작 대통령이 되어서는 어떻게 생활했고, 어떤 음식을 밥상에 올렸을까?

　　그는 당선되기 오래전부터 '내가 대통령이 된다면' 이라는 가정하에 많은 것을 생각해놓았다고 한다. 아마도 대통령의 밥상에 대해서도 청사진을 그리지 않았을까? 과연 김영삼 대통령은 청와대에서 무엇을 먹었을지 그 궁금증을 풀어보자.

왕창스키, 무던한 식성

　　김영삼 대통령은 입맛과 식성에 있어서는 정말 무던한 편이었다. 그래서 재미난 별명이 붙었다고 한다. 1993~94년 공보수석 겸 대변인으로 재임했던 주돈식 씨의 이야기를 들어보자.

"김영삼 대통령을 취임 전부터 수행했던 사람들이 '왕창스키'라고 별명을 지었더라고요."

왕창왕창 잘 먹는다고 하여 왕창스키라는 별명이 붙었던 것이다. 청와대 요리사 이근배 씨도 그의 식성이 까다로움과는 거리가 멀었다고 말한다.

"어린 손녀들이 음식이 짜거나 달다고 투정을 하면 말씀하시길, 짜면 물 부어서 먹고 싱거우면 소금 넣어서 먹으라고 할 정도였습니다. 음식에 대해서는 절대 다른 말씀을 안 하셨지요."

김영삼 대통령은 어떤 음식도 가리지 않고 잘 먹는 것으로 알려져 있다. 다른 대통령들이 외국 순방길에 나설 때 한식 요리사를 대동하여 한식을 먹는 것과는 달리, 김영삼 대통령은 현지의 어떤 음식도 잘 먹었다.

1994년 김영삼 대통령이 러시아를 공식 방문하여 옐친 대통령과 회담을 가졌을 때, 옐친은 별장에서 귀머거리 새를 대접했다고 한다. '귀머거리 새'란 야생조로 원래는 매우 귀가 밝고 빠른 새이다. 하지만 수컷이 암컷을 쫓아갈 때만큼은 뒤에 사냥꾼이 쫓아오는 것을 듣지 못한다고 한다. 그래서 암컷을 만날 때까지 뒤쫓다가 잡아야 하는 사냥하기 힘든 새이다. 잡기 어려운 새인 만큼, 러시아에서는 매우 귀한 요리이다.

그런데 김영삼 대통령에게 대접하기 위해 경호원들에게 이 새를 잡으라는 특별 지시가 내려진 것이다. 경호원들이 며칠을 허탕 치다 김영삼 대통령이 도착하는 당일이 되어서야 간신히 귀머거리 새를 잡아 만찬 요리로 내놓았다고 한다.

현지에서는 귀한 음식이라고 하지만 한국인의 입장에서 이국의 듣지도 보지도 못한 야생조 요리를 선뜻 먹기란 쉽지 않은 일이다. 하지만 김영삼 대통령은 무척 기뻐하며 귀머거리 새 요리를 맛있게 먹었다. 이런 김영삼 대통령의 식성 덕에 회담 분위기는 화기애애해질 수밖에 없었다고 한다.

우리 입장에서도 김치나 청국장을 냄새 난다고 싫어하는 외국인보다는 맛있게 먹는 외국인에게 더 호감이 가지 않을까? 김영삼 대통령은 그날 만찬 후 북핵 문제와 무기 판매에 대한 러시아의 입장을 바꾸는 데 성공했다. 김영삼 대통령의 뭐든지 잘 먹는 식성이 외교에서도 효과를 발휘했던 게 아닐까. 밥상은 같이 먹는 사람의 마음의 문을 여는 친화력도 가지고 있다.

밥은 굶어도 조깅은 못 빼먹는 대통령!

김영삼 대통령은 한번 결심한 것은 죽 이어나가는 집념이 있었다.

김영삼 대통령의 소박한 밥상(육개장)

그런 그의 성격을 보여주는 평생을 함께한 취미가 있었다고 하는데, 바로 '조깅'이다.

김영삼 대통령은 학창시절 축구선수로 활동했을 만큼 운동을 좋아했지만, 정치인이 되자 일정하지 않은 스케줄로 운동을 하기가 힘들었다. 그러던 중 아무 때나 어디에서나 할 수 있는 운동을 발견했는데, 그것이 바로 조깅이었다.

조깅을 하기로 결심한 이후로, 김영삼 대통령은 새벽 다섯 시면 어김없이 일어나 하루 4킬로미터를 뛰었다. 1980년대 초, 2년간 가택연금을 당했을 때도 집의 좁은 마당에 트랙을 설치, 조깅을 하면서 답답함을 달랬다.

1993년 대통령에 취임한 후, 청와대에서 첫날 밤을 보낸 그가 새벽 다섯 시에 일어나 찾은 것도 바로 조깅화라고 한다. 그런데 비서진들이 새 조깅화를 준비해서 갖다 주자 김영삼 대통령은 버럭 화를 냈다. 국민들에게 검소한 모습을 보여주고 싶었던 그는 흙탕물이 지워지지 않은 자신의 오래된 조깅화를 신고서야 청와대 마당인 녹지원을 뛰었다고 한다.

이러한 그의 취미가 외교 역할을 한 적도 있다. 클린턴 미국 대통령이 방한했을 때다. 클린턴 대통령의 취미도 조깅이었다. 두 정상은 공통된 취미인 조깅을 하면서 한층 가까워질 수 있었는데 또 한편 두 사람 간에 보이지 않는 경쟁의식도 있었다고 한다. 김영삼 대통령은 클린턴 대통령과 함께 조깅을 하기 전, 클린턴 대통령이 빠르게 잘 달린다는 보고를 받고 긴장했다. 뒤처지면 이게 웬 망신인가 싶었던 것 같다. 하지만 같이 달리다 보니, 오히려 클린턴 대통령이 힘겨워했다. 그래서 김영삼 대통령은 조깅을 멈추고 걸으면서 대화를 나누는 아량까지 베풀 수 있었다. 클린턴 대통령이 더 젊었지만, 조깅 경력 40년인 김영삼 대통령을 따라가기는 벅찼던 것일까?

조깅 고수답게 김영삼 대통령은 클린턴 대통령과 동반한 힐러리 여사에게 조언까지 했다고 한다. "클린턴 대통령이 백악관에서 조깅하는 모습을 텔레비전에서 보니 딱딱한 아스팔트에서 많이 뛰어요. 그러면 나중에 무릎을 다치기 쉽습니다." 힐러리 여사는 이 이야기를 고개를 끄덕이며 열심히 들었다.

훗날 김영삼 대통령이 백악관을 방문하여, 클린턴 대통령과 조깅을 하다 보니 백악관 조깅코스 바닥이 고무타이어로 되어 있었다. 힐러리 여사가 김영삼 대통령의 말을 듣고 고친 것인지는 확실히 알 수 없었지만 김영삼 대통령은 자신의 의견이 반영된 것 같아 내심 기뻐했다고 한다.

김영삼 대통령은 조깅과 함께 그의 정치 인생을 달렸다고 해도 과언이 아닐 정도로 조깅을 사랑했다. 하지만 퇴임과 함께 그의 취미는 바뀌고 말았다. 나이가 들며 무릎이 약해져 더 이상 조깅을 하기가 벅찼던 것이다.

그래서 그의 취미는 수영으로 바뀌었고 최근에는 배드민턴을 많이 친다. 추운 겨울에도 날씨가 영상으로 올라가면 아침마다 동네 배드민턴 동호회 회원들과 배드민턴을 치는 모습이 상도동에서 목격된다고 한다. 한번 하면 끝까지 하는 김영삼 대통령인 만큼 종목이 바뀌어도 운동은 평생토록 그의 동반자가 될 것 같다.

대구 머리 어디 갔노

김영삼 대통령은 무엇이든 가리지 않고 잘 먹는 식성이었다. 특히 생선류를 무척 좋아했다. 미역국도 생선을 넣은 미역국을 좋아했는데, 비교적 비린내가 심하지 않은 우럭이나 대구를 넣은 미역국을 즐겨 먹었다. 청와대에서 식사를 할 때에도 생선 요리를 즐겨 먹었는데, 생선 한 마리를 구입하면 회를 쳐서 먹고 또 나머지로 국을 끓여 알뜰하게 먹는 것을 좋아했다. 그러던 어느 날, 청와대에서 아침 식사를 하던 김영삼 대통령의 얼굴이 붉으락푸르락해졌다. 요리사 이근배 씨의 이야기를 들어보자.

"김영삼 대통령은 생선 머리를 좋아하셨는데 처음엔 잘 몰라서 생선 몸통을 갖다 드렸던 거죠. 대통령이 서운하셨던지 '대구 머리 어디 갔노.'라고 하셨습니다."

생선을 좋아했던 김영삼 대통령은 생선 부위 중에서도 어두육미,

김영삼 대통령은 우럭이나 대구를 넣은 미역국을 좋아했다.

대통령의 밥상 | 131

말 그대로 머리를 좋아했다. 그런데 대구탕에 생선 머리가 없자 화가 난 것이다. 반면 김대중 대통령은 이와 정반대였다. 김대중 대통령 또한 생선으로 식사를 하다 얼굴이 붉으락푸르락해진 적이 있었는데 당시 상황을 청와대 운영관이었던 문문술 씨에게 들어보자.

"민어 매운탕을 끓였는데, 사실 민어는 뼈와 붙어 있는 머리 부분의 살이 맛있습니다. 국그릇이 작아 민어 머리의 살만 드렸는데, 김대중 대통령이 '문국장!' 부르시더니 '살덩어리 다 어디 갔노? 네가 다 먹었나?' 하셨죠."

유신 시절, 같은 야당 정치인이면서도 정치 성향이 달랐던 것처럼 김영삼 대통령과 김대중 대통령 두 사람 다 생선 요리를 좋아하면서도 식성은 달랐던 것이다.

YS의 상징, 칼국수

"김영삼 대통령이 청와대로 식사 초대를 두 번이나 하셨는데, 두 번 다 칼국수를 주셔서 무척 실망했습니다. 국제대회에 나갔다가 돌아온 선수들한테 칼국수가 뭡니까?"

탁구 선수 현정화가 한 언론과의 인터뷰에서 농담조로 한 말이다.

국제대회에 나가 우승한 후 청와대 오찬에 초대되면, 어김없이 칼국수를 먹었다는 이야기다. 그 당시에는 현정화 선수뿐 아니라 청와대에서 오찬을 하게 되는 사람들 대다수가 칼국수를 먹었다. 어떤 음식도 가리지 않고 잘 먹는 김영삼 대통령이 청와대에서 거의 유일하게 고집한 음식이 있었으니, 바로 칼국수였다.

칼국수가 어떻게 청와대 밥상에 올라가게 되었는지 그 경위를 당시 청와대에서 근무했던 요리사 이근배 씨에게 물어보았다.

"한번은 김수환 추기경께서 오셔서 우리 밀 살리기 운동 본부에서 우리 밀 음식을 많이 먹기를 부탁하셨다고 전해주셨습니다. 그 이야기를 들으시고 우리 밀로 칼국수를 만들라는 지시를 내리게 되었죠."

그 당시 밀 생산 농민들은 판매처가 없어 어려움을 겪었다. 그래서 '우리 밀 살리기 운동'에 적극 동참하겠다는 취지로 우리 밀 100퍼센트를 재료로 한 칼국수를 청와대의 대표적인 오찬 음식으로 내놓기로 한 것이다. 우리 밀로 만든 칼국수는 맛은 구수하지만 당시에는 끈기가 약해 숟가락으로 떠먹어야 하는 등 여러 돌발 상황을 만들어 화제가 됐다. 전 청와대 출입 기자였던 영남일보 송국건 본부장의 이야기에 따르면 우리 밀 칼국수는 대통령 앞에서 먹기에는 힘든 음식이었다고 한다.

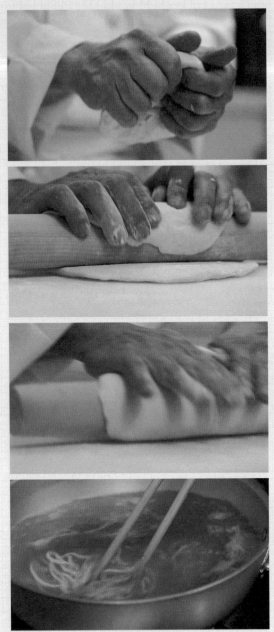

YS의 상징인 칼국수를 만
드는 과정

문민정부 시절 청와대 칼국수는 우리 밀로 만들어서 잘 끊어지고 뜨거워서 먹기에는
어려웠지만 맛이 깔끔하고 담백했다.

"뜨거운데 대통령 앞에서 편하게 옷 벗고 먹을 수도 없고, 후루룩 소리 안 나게 먹어야 하니까요."

날씨가 더워도 대통령 앞이라 양복 상의를 벗지도 못하고, 게다가 안경 낀 사람들은 뜨거운 김 때문에 렌즈에 서리가 껴 여간 불편했다고 한다. 청와대 공보수석 겸 대변인을 맡았던 주돈식 씨도 칼국수를 먹기에 어려운 점이 많았다고 한다.

"나는 우리 밀 칼국수 때문에 고생한 사람이에요. 공보수석이 빨리 나와서 브리핑하기를 기다리기 때문에 내가 빨리 가지 않을 수가 없어요. 그런데 칼국수가 끈기가 없어서 젓가락으로 먹으면 끊어지고 그렇다고 숟가락으로 퍼 먹자니 뜨겁지요. 이러한 악조건에서도 기를 쓰고 빨리 먹어야 해요. 그래서 먹다가 그냥 나간 적이 더 많았어요."

기자들에게 브리핑하기 위해 빨리 먹고 일어서야 하는데 매번 뜨거운 칼국수를 먹어야 하니 여간 곤혹스러웠던 모양이다. 주돈식 씨에 의하면 자신뿐 아니라 외국 귀빈들도 청와대 칼국수를 먹는 데 힘들어했다고 한다. 1994년 방한한 이스라엘 총리, 이츠하크 라빈은 청와대에서 칼국수를 빨리 먹다가 뜨거워서 "핫(Hot)! 핫(Hot)!"을 연발했다. 그 소리에 김영삼 대통령을 비롯해 주위가 모두 웃음바다가 되었다고 한다.

김영삼 대통령 시절 공보수석 겸 대변인 주돈식 씨(위). 칼국수로 대변되는 문민정부의
청와대 밥상을 책임졌던 요리사 이근배 씨(아래)

우리 밀 칼국수는 먹는 사람들도 힘들어했지만 만드는 사람도 쉽지 않았다. 무엇보다 칼국수를 이렇게 오래 만들 줄 예상하지 못했다는 게 요리사 이근배 씨의 이야기다.

"김영삼 대통령께서 면을 좋아하셨지만 3~4년 동안 계속 면을 드실 것이라고는 생각을 못 했었죠."

영양사들이 영양의 심각한 불균형을 걱정할 정도로 김영삼 대통령은 칼국수를 계속 고집했다. 김영삼 대통령은 취임 초, 칼국수에 수육이 곁들여 나오자 화를 낸 적도 있었다. 칼국수를 먹는 것은 청렴결백한 대통령이 되겠다는 의지였기 때문이다.

수육과 관련된 다른 일화도 전해진다. 북한 김일성과의 만남이 거의 확정된 단계에서 김일성의 사망 소식이 전해지자 그날은 야근하면서 특별히 수육을 밥상에 올리라는 지시를 내렸다. 김일성의 사망 소식이 충격적이었고, 또 거기에 대처하기 위한 논의를 밤늦게까지 해야 되는 상황에서 기운을 차리고 싶었던 것 아닐까?

다시 칼국수 이야기를 하자면 청와대 칼국수는 맛은 좋았지만 배가 쉽게 꺼지는 단점이 있었다. 김대중 대통령도 총재 시절 김영삼 대통령과 칼국수로 오찬을 한 뒤, 다시 식당을 찾아 백반을 먹었다는 일화가 있다.

이렇게 시간이 지나다 보니 어느새 칼국수는 변하지 않는 청와대의 상징이 되었고, 청와대에 가면 으레 칼국수를 먹어야 한다고 생각하는 사람이 늘어났다. 오히려 다른 음식이 나오면 섭섭하게 생각하는 경우가 많아 청와대 주방에서는 칼국수를 끊임없이 만들어야 했다. 한번에 130인 분을 만드는 경우도 종종 발생했다고 한다.

"전쟁터를 방불케 했죠. 칼국수를 만들 때 한 사람이 1분당 몇 그릇을 담아야 하는가까지 측정한 후 정확한 시간 계산을 했습니다."

오찬에 많은 양의 칼국수를 한꺼번에 같이 내놓기 위해서는 국수가 붇지 않게 하는 것이 관건이다. 그래서 주방에서는 국수 삶는 시간까지 철저히 계산해가며 바쁘게 돌아간다. 하지만 국수를 붇지 않게 하는 것보다 더 힘든 것은 반죽이었다. 우리 밀을 직접 반죽해서 만들었기 때문에 요리사가 많은 양의 반죽을 하다가 몸에 무리를 느낄 수밖에 없었다고 말한다.

"처음에는 밀가루 반죽이 소량이라 괜찮았는데 5~60인 분 넘어가는 것이 지속되니 팔목에 무리가 와서 제가 한방 치료를 받은 적이 있었습니다. 반죽하다가 인대가 늘어나서요."

먹는 사람도, 만드는 사람도 쉽지 않았던 청와대 칼국수! 그럼에도 김영삼 대통령이 재임기간 내내 칼국수를 고집한 이유는 무엇일까?

김영삼 대통령을 오랜 시간 지켜보았던 전 공보수석 겸 대변인, 주돈식 씨는 다음과 같이 생각한다.

"김영삼 대통령이 야인 생활을 오래 하셔서 그때부터 여러 가지 구상을 많이 하셨어요. 칼국수로 일관해서 청와대의 검소함과 절제된 생활을 국민에게 보여주겠다는 생각을 하고 계셨지요."

김영삼 대통령이 오래전부터 구상해온 대통령의 밥상은 다름 아닌 '칼국수'였다. 절제하는 청와대를 만들겠다는 각오로 자기 자신에 대한 약속을 지키겠다는 의지가 담긴 밥상이었던 것이다.

밥상에서 보여준 그만의 신념과 철학이 정치에도 녹아 있었으면 좋았으련만, 그 역시 아들 김현철 씨의 비자금 문제와 IMF 발생 등 여러 가지 문제로 국민들에게 실망을 주었다. 하지만 뭔가 보여주려고 했던 김영삼 대통령의 의지만큼은 칼국수처럼 뜨거웠던 것으로 여겨진다. 그는 자신의 정책 의지를 밥상 위에까지 등장시켰기 때문이다.

8. 김대중 대통령의 밥상

김대중(15대) 1998년 2월~2003년 2월

어떤 사람이 즐겨 먹던 음식을 보면, 그 사람에 대한 추억과 기억이 떠오르기 마련이다. 지금은 함께하지 못하더라도. 2011년 겨울, 서울 여의도에 위치한 평화민주당 사무실에서 몇몇의 의원들이 모여 점심 식사를 겸한 간단한 회식 자리를 가졌다. 오늘의 메뉴는 아는 사람만 그 맛을 안다는 '홍어'다. '홍어'를 보면 김대중 대통령이 생각난다며 한영애 전 국회의원이 추억을 떠올렸다.

김대중 대통령은 20대 때부터 목포일보를 운영하며 정치에 관심이 많았던 열혈남이었다. 1960년 민의원에 당선, 본격적인 정치인의 길을 걷기 시작했다. 거침없는 연설과 해박한 지식으로 많은 지지를 얻기 시작했고, 그 결과 우리나라 6, 7, 8대 국회의원에 당선되었다. 그는 야당의 떠오르는 샛별로 야당 내 요직을 두루 맡았다.

이후 1971년, 신민당 대표로 대선에 출마하여 박정희 대통령과 격돌하였다. 결과는 박정희 대통령의 승리였지만 불과 백만 표밖에 차이가 나지 않았고 이를 통해, 국민들이 얼마나 김대중 대통령을 지지하고 있는지가 표면적으로 드러났다. 그 때문일까? 1971년 대선 이후부터 김대중 대통령은 자신을 견제하는 세력에 의해 수많은 고초를 당해야 했다.

1973년 8월에는 일본 도쿄에서 납치를 당해 죽을 고비를 넘겼고, 유신체제하 정치활동이 전면 금지되었다. 1979년 10.26 사태로 박정희 대통령이 서거하고 나서야 정치활동이 재개되었지만, 신군부 세력에 의해 내란 음모죄로 사형선고를 받았다. 그 후 형집행 정지로 석방된 김대중 대통령은 미국으로 떠나야 했고, 1985년이 되어서야 한국으로 돌아올 수 있었다.

사면 복권을 받은 김대중 대통령은 통일민주당에 입당, 상임고문이 되면서 다시 한국에서 활발한 야당 활동을 시작했다. 하지만 YS와 단일 후보에 실패, 평화민주당을 창당하면서 대선에 나섰으나, 낙선하고 만다.

이후 영국으로 연구 활동을 떠났다가 1년 후 다시 돌아온 김대중 대통령은 새정치국민회의를 창당, 대선에 또다시 출마한다. 그리고 우리나라에서 사상 처음으로 여야의 평화적 정권 교체를 이루며 제15대 대통령으로 당선된다.

삭힐수록 더욱 단단해지고 특유의 알싸한 맛이 더해진다는 홍어처럼, 그가 정치 인생을 위해 삭혀야만 했던 역경의 날들은 그를 더욱 굳건한 정치인의 길을 걷게 했다.

제7대 대통령 선거 포스터, 유세 장면, 신민당 후보였던 김대중
대통령의 모습

단골집 홍어의 알싸한 향 속으로

"김대중 대통령과 홍어는 떼려야 뗄 수 없는 관계였죠. 누가 홍어를 보내오면, 저녁을 먹고 가라고 하셨죠. 그때 조금씩 얻어먹으면 얼마나 맛있었는지 말도 못 해요."

후배 정치인들이 자택에 찾아가면, 김대중 대통령은 후배들과 선물로 들어온 홍어를 나눠 먹었다고 한다. 한화갑 전 국회의원도 김대중 대통령과 홍어를 나눠 먹었던 기억이 생생하다.

"언젠가 동교동에 밤 열한 시가 지나서 있는데 김대중 대통령이 부엌 아주머니께 홍어를 가져오라 하시더라고요. 홍어 한 접시를 된장에 찍어 다 잡수셨는데…… 우리처럼 막걸리 안주로 먹거나 식사 때 반찬으로 먹는 것이 아니고 그냥 홍어만 잡수시더라고요."

곁들인 음식이 전혀 없이 오직 홍어만 먹을 정도로, 홍어의 맛을 제대로 알고 또 각별히 좋아했다는 김대중 대통령. 삭힌 홍어처럼 곰삭은 정치 인생길을 걸었던 김대중 대통령이기에 후배 정치인들은 홍어의 독특한 향을 접하면 김대중 대통령을 떠올릴 수밖에 없다.

홍어를 좋아했던 김대중 대통령의 단골 식당은 역시 홍어를 전문으로 파는 식당이다. 전문가 못지않게 홍어 맛을 잘 식별해낸 김대중 대통령의 입맛을 사로잡은 식당은 과연 어디일까?

취재팀은 수소문 끝에 김대중 대통령이 수십 년 동안 단골이었다는 식당 '신안촌'을 찾아갔다. 경복궁 역 근처 복잡한 도심 속의 길고 좁은 골목길로 들어가면 시간이 멈춘 듯 1970~80년대 풍경을 간직한 곳을 만나게 된다. 이곳에서 한옥으로 지어진 '신안촌'을 발견할 수 있었다.

미리 알고 가지 않으면 찾아가기도 힘든 이곳을 김대중 대통령은 식당이 문을 열었던 1986년부터 드나들었다고 한다. 홍어에 있어서는 절대 미각을 자랑하는 김대중 대통령이 수십 년 동안 단골이었다면 아무래도 홍어 맛이 특별했을 것 같다. 이 집 홍어 맛의 특색을 식당 사장인 이금심 씨에게 물어보았다.

"흑산도 홍어와 그냥 홍어의 맛이 많이 달라요. 수박도 썰어보면 물수박이 있고 찰수박이 있듯이 찰홍어는 쫄깃하고 차진 맛이 있어요. 먹어보면 알아요. 토속적인 그런 맛들을 좋아하셨던 거죠."

사실 홍어를 처음 먹거나 자주 먹지 못하는 사람들은 홍어 맛의 차이점을 알기 어렵다. 하지만 홍어 마니아들은 혀끝만 닿아도 그 맛을 기막히게 분별할 수 있다고 한다. 이곳 흑산도 홍어의 쫄깃하고 차진 맛이 김대중 대통령을 오랜 단골로 만들었다는 것이다.

1986년 처음 문을 열었을 때는 흑산도에서 잡은 홍어를 삭힌 후 식당으로 공수해왔다고 한다. 바다에서 홍어를 잡아 올리면 20도의 재래식 옹기에 짚을 넣고 약 10일 정도 삭힌다. 짚을 넣는 이유는 열을 내는 작용을 하면서 홍어의 수분을 흡수, 육질을 연하게 하기 때문이다. 홍어는 삭히면 삭힐수록 알싸한 맛이 좋아지는데, 그 이유는 홍어에서 암모니아 성분이 분해되어 나오기 때문이다. 이 암모니아 성분이 삭힌 홍어 특유의 냄새를 내며 식중독균을 막아준다.

처음 삭힌 홍어를 먹는 사람은 암모니아 냄새가 독하고 삼킬 때 목구멍이 후끈후끈해서 먹기 힘들어한다. 하지만 홍어 맛에 익숙해지면 오독오독한 물렁뼈를 씹으며 싸한 암모니아 냄새 속에서 홍어의 참맛을 음미하게 된다.

김대중 대통령은 신안촌 식당에서 삭힌 홍어뿐 아니라 낙지를 꼬챙이에 끼워 불에 구운 낙지꾸리, 그리고 겨울철 기력 회복에 좋은 구수하고 얼큰한 홍어탕도 즐겨 먹었다. 이 모든 음식이 남도 쪽 음식인데, 남도 음식은 전남 앞바다에서 잡은 해산물들의 재료 고유의 맛을 살리는 것이 특징이다. 김대중 대통령이 이 집 음식을 특별히 좋아했던 이유는 고향 앞 바다의 냄새를 맡을 수 있기 때문이 아닐까.

"저희 시댁이 김대중 대통령의 고향과 가까워요. 그래서 김대중 대통령의 입맛에 더 맞았을 거예요."

정치활동을 하며 익숙한 고향의 맛을 찾아 '신안촌'을 자주 찾았던

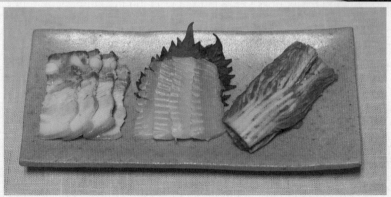

김대중 대통령이 즐겨 먹었던 홍어, 낙지꾸리, 홍어탕(위). 홍어삼합(아래)

김대중 대통령. 하지만 정작 그가 대통령이 되었을 때는 이 식당을 자주 찾지 못했다고 한다. 나라 살림이 어려울 때에 대통령 혼자 좋아하는 음식을 실컷 먹고 다닐 수가 없었기 때문이다.

나라의 경제 위기, 대통령의 밥상부터

그렇다면 김대중 대통령은 청와대에서 어떤 음식을 먹었을까? 당시 청와대 운영관이었던 요리사 문문술 씨를 찾아가 보았다. 문문술 씨는 지금 경기도에 위치한 대학에서 호텔조리과 학생들을 가르치고 있다. 그는 김대중 정부 출범과 함께 주방의 모든 일을 총괄하며 대통령의 모든 식사를 책임졌던 운영관으로 근무했다. 요리사로서는 처음으로 운영관에 발탁되어 화제가 되기도 한 인물이다.

"예전에는 요리를 하는 사람이 아니라 행정적으로 관리하시던 분들이 운영관을 했어요. 그런데 김대중 대통령 때는 청와대에서 국빈행사도 자체적으로 해야 하니까 제가 선택이 된 것 같아요. 운영관 업무라는 게 청와대의 모든 행사, 관저에서부터 국빈행사까지 총괄해서 메뉴를 고르고 짜고, 또 조사해서 시식하는 일들이에요. 크고 작은 행사와 접견에 대비해서 계획하고 집행하는 게 운영관의 일과라 할 수 있죠."

운영관은 국가 공무원 3급에 해당하는 보직이다. 대통령이 일상적으로 먹는 식단을 짜고, 또 접견과 행사 때의 메뉴를 정해 장을 보고, 음식을 시식하는 일까지 대통령과 청와대 식생활의 모든 것을 책임지는 자리이다.

요리사였던 문문술 씨는 어떻게 김대중 대통령과 인연을 맺었을까? 롯데호텔에서 근무하던 시절, 그는 야당 총재였던 김대중 대통령과 처음 만났다고 했다.

"야당 총재로 계실 때, 호텔에서 해장국 조찬을 부탁하신 적이 있어요. 사실 해장국은 단가가 적고 손도 많이 가서 잘 안 하는데, 존경하는 분이라 해드렸죠. 그것을 계기로 인사를 나누게 되었고, 동교동에서 외국 손님을 맞을 때 가서 몇 번 도와드리는 것으로 계속 인연을 맺었어요."

문문술 씨는 요리사였던 자신이 운영관으로 발탁된 것에 당황도 했지만 20년 넘게 해온 호텔일 외에 다른 업무를 해볼 수 있는 기회이기에, 망설임 없이 청와대로 향했다. 하지만 처음부터 운영관 일은 만만치 않았다. 당시 우리나라가 IMF 사태를 맞고 있었기 때문에 예산을 줄이는 일이 급선무였기 때문이다.

"처음에 들어갔을 때부터 예산을 줄이라는 이야기가 많이 나왔어요. 기존에는 청와대에서 행사를 하게 되면 호텔 요리사들이 파견되어 나왔는데, 그때부터는 50명 이하 손님이 올 때는 관저 요리사들이 다 소화하기로 했죠."

호텔 요리사들을 부르지 않고 청와대 관저 요리사들이 소화할 경우 재료비만 소모되어 경비를 크게 절감할 수 있다. 따라서 50명 이하의 손님들이 오는 소규모 행사는 힘들어도 직접 담당하기로 한 것이다. 이것뿐이 아니었다. 최소 원가로 만들 수 있는 음식들을 골라 해야 했다. 대통령이 특별히 경비를 절감하라는 지시를 내린 데다, 김대중 대통령의 부인인 이희호 여사도 이에 동참하여 식비 줄이기에 신경을 많이 썼기 때문이다.

"이희호 여사께서 비용을 검토하시며 비싼 식자재를 구매하면 '왜 이렇게 비싼 걸 사오느냐? 좀 싼 것으로 사와라.' 하셨죠. 자주 주방에 나오셔서 냉장고를 수시로 열어보시면서 왜 이렇게 많이 남겨놨냐고 꾸중도 하셨어요. 정확하게 관리하는 게 참 대단하셨죠. 사실 여사님께서 주방에 직접 들어온다는 게 쉽지는 않지 않습니까?"

김대중 대통령 또한 자신의 밥상부터 경비 절감을 당부했다고 한다.

"대통령께서 말씀하신 것이 기억이 나요. 처음에는 아홉 가지 반찬으로 9찬을 차렸더니 하루는 드신 뒤에 부르셔서 왜 이렇게 많이 했느냐며 줄

김대중 대통령 때 청와대 운영관을 지낸 문문술 명장

이라고 하셨죠. '나라가 어려운데 내가 아홉 가지 다 먹는 것도 아니고 이렇게 하지 마라.' 라고요."

또 김대중 대통령 부부는 이전 식사 때 남긴 음식을 다시 차릴 것을 당부했다고 한다. 점심식사를 할 때 "아침에 먹다가 남긴 음식도 갖다 달라."며 음식을 버리지 않고 알뜰하게 차리기를 원했다고 한다.

청와대 호떡은 어떤 맛?

김대중 대통령이 청와대 안에 있을 때는 어떤 밥상을 주로 받았을까? 홍어 이야기를 묻지 않을 수 없는데 그가 청와대에 있었을 때는 IMF 시절이라 홍어를 자주 먹지 않았다. 하지만 목포에 사는 아들이 홍어를 보내올 때는 맛있게 먹었다고 한다. 특히 싱싱한 홍어를 회로 먹는 것을 좋아했다.

또 시래기 국과 설렁탕 같은 국물 있는 음식을 즐겨 먹었다. 특이한 점은 다른 음식이 나올 때마다 운영관인 문문술 씨에게 음식 재료의 가격이 올랐는지 자주 물었다고 한다. 김대중 대통령은 밥상 음식을 통해 우리나라 농작물의 산지 가격의 흐름까지 검토하는 치밀한 성격이었던 것이다. 또 미식가답게 음식 맛에 대해 '맛있다', '맛없다'를 분명히 말하는 편이었고, 음식 재료의 산지까지 정확히 알아낼 만큼

김대중 대통령이 즐겨 먹었던 간식인 호떡 만들기

탁월한 미각을 갖고 있었다.

김대중 대통령은 간식을 즐겨 먹기도 했는데, 옛날 어르신들이 좋아하는 평범한 간식을 즐겼다. 호떡이나 물고구마, 새알 넣은 팥죽 등을 좋아했다. 호떡의 경우 청와대 주방에서 직접 반죽해서 만들었다. 밖에서 사오면 검식관이 검증하기까지 시간이 오래 걸리기 때문에 식은 호떡을 올릴 수밖에 없었기 때문이다. 문문술 씨가 만든 청와대 호떡의 조리법은 어떠했을까?

"옛날 방식이죠. 반죽도 막걸리를 넣어 부풀렸다가 가라앉혀서 하고, 속도 황설탕과 꿀을 섞어서 한 거죠."

그때도 시중에 호떡용 분말가루가 나와 있었지만, 청와대 주방에서 정성을 다해 반죽 재료부터 모두 만들었다. 그 호떡을 김대중 대통령도 무척 좋아하며 맛있게 먹었다.

이렇게 김대중 대통령은 주로 밥과 옛날 간식들을 먹으며 건강을 챙겼다. 하지만 그런 김대중 대통령도 참기 힘든 유혹이 있었으니, 그것은 바로 라면이었다. 밤에 독서를 많이 하는지라 출출할 때면 라면을 찾았다.

처음 주방에서는 대통령의 건강을 생각해서 라면 스프 대신 새우와 채소를 넣어 끓인 국물에, 한번 삶아낸 면으로 라면을 끓여 내갔다. 하지만 김대중 대통령의 반응은 "이건 라면이 아니다. 그냥 라면 스프를 넣은 원래 라면을 끓여 달라."고 요청했다고 한다. 절제를 잘하는 김대중 대통령이지만 미식가인 만큼 맛에 민감했기 때문이다.

"김치를 하나 드시면 거기에 들어가는 재료의 섞임까지 말씀하시거든요. 배추의 두께를 보고 '이것은 잘못 절여진 것이다, 김치에 들어가는 황새기 젓갈이 덜 삭혀졌다, 된장도 한 번 찍어 드신 후에 더 센 된장으로 바꿔달라.'고 하시죠. 한마디로 음식을 잘 아시는 분이었어요."

워낙 미식가인지라 입맛을 고려하면서도 건강에 좋은 식단을 짜기란 쉽지 않았다는 게 운영관 문문술 씨의 이야기다.

이렇듯 모든 대통령의 밥상은 개인의 밥상이 아니다. 대통령 스스로도 자신의 몸이 아니라 나라 몸이라고 생각하며 건강을 챙기고, 준비하는 사람들도 한 개인을 위한 밥상이 아닌, 나라 전체를 위한 밥상이라 여기며 최선을 다해 준비한다. 그것이 바로 대통령의 밥상이다.

역사적인 남북 정상회담 만찬

청와대의 밥상을 이야기하면서 귀빈들의 만찬 이야기를 빼놓는다면 섭섭할 것이다. 평양에서 역사적인 남북 정상회담 만찬이 있었던 김대중 대통령 재임 시절로 돌아가 보자. 앞에서도 밝혔듯이 IMF 시절에는 경비 절감을 위해 애썼다. 하지만 아무리 IMF라 해도 평소의 음식과 외국 귀빈 등을 맞이할 때 나오는 만찬의 메뉴는 달랐을 터이다. 과연 어떤 음식들이 밥상에 올랐을까?

문문술 씨의 이야기에 따르면 외국 귀빈 만찬 때는 대부분 한국 전통 음식들을 올리는데, 너비아니구이나 갈비 같은 음식을 장만했다고 한다. 떠도는 이야기로는 클린턴 대통령이 한국을 방문했을 때 만찬장에서 게장을 좋아했다는 이야기가 있지만, 문문술 씨는 외국 귀빈을 맞는 청와대 만찬에 게장이 오르지는 않았을 거라고 했다. 한식 중에서도 순하고 담백한 음식이 오르지 강한 양념이 밴 음식은 잘 올리지 않기 때문이다.

문문술 씨가 가장 기억에 남는 만찬은 남북 정상회담 때, 김대중 대통령과 김정일 국방위원장이 함께한 만찬이라고 한다. 문문술 씨는 회담이 열리기 전 먼저 평양을 다녀왔다. 그곳의 식자재와 식기 등을 둘러보고 필요한 식자재를 서울에서 가져가기 위해서였다. 음식 맛을 제대로 내기 위해서는 평소에 사용하던 식자재로 요리하는 게 좋다고 판단했기 때문이다.

남북 정상회담 만찬 때는 잣죽을 전채 요리로, 본 음식으로는 구절판, 갈비, 생선구이 등 열일곱 가지를 올렸다. 후식으로는 떡과 인삼차를 준비했다. 김정일 국방위원장은 만찬 후에 "개성 스타일이야." 라고 말했다는데, 음식이 예쁘기는 한데 양이 적다는 뜻이었다. 대식가인 그에게는 양이 차지 않았던 모양이다.

분단 이후 최초의 남북 정상회담(2000년)

이외에도 김대중 대통령은 청와대에서 전직 대통령 부부들과 만찬을 하기도 했다. 이때는 한식, 중식, 일식이 모두 상에 올라갔다. 만찬 테이블 배치는 재직연도가 빠를수록 앞자리에, 그리고 현직 대통령은 중앙에 앉는다고 한다.

대통령도 밥이 보약

재임기간 동안 건강에 가장 많이 신경을 썼던 대통령은 누구일까? 아마도 김대중 대통령일 것이다. 노년에 들어선 뒤 대통령이 되었고, 신체적으로 불편한 곳이 많았기 때문이다. 젊은 시절 당했던 의문의 사고 때문에 평생 불편한 몸으로 다녀야 했다는 게 후배 정치인 권노갑 씨의 증언이다.

"1971년 광주에서 선거 유세를 할 때였죠. 그때 저와 함께 김대중 대통령은 차로 이동 중이었는데 트럭과 택시가 충돌하는 의문의 교통사고를 당했어요. 그때 김대중 대통령은 골반이 으스러지는 큰 부상을 입었죠."

부상 상태로 볼 때 김대중 대통령은 병원에 입원해야 했다. 하지만 김대중 대통령은 선거 유세는 국민과의 약속이라며 일정을 감행했고, 그때 치료를 제대로 받지 않아 고칠 기회를 놓쳤다고 한다. 이로 인해

'우리 밥이 보약이다.' 라며 한식으로 건강을 관리한 김대중 대통령

다리가 불편하다 보니 이후 활동에도 지장을 받을 때가 많았다. 야당 정치인일 때만이 아니라 대통령이 되고 난 후에도 하루에 여러 곳을 돌아다녀야 하니 육체적으로 힘들었던 것이다.

김대중 대통령은 자신의 건강이 나라 전체의 건강임을 인지하고 주치의의 지시를 철저히 따랐다고 한다. 채소를 많이 먹으라는 이야기에 항상 식사 때 생채소를 따로 올려 된장에 찍어 먹기도 했다. 하지만 특별한 보양식은 없었다. 밥이 보약이라며 항상 챙겨 먹었다는 게 문문술 씨의 이야기다.

"'우리 밥이 보약이다.' 하시면서 밥을 항시 드셨죠."

한식을 먹어야 힘을 냈다는 김대중 대통령. 그래서 청와대 주방팀은 해외 순방길에도 한식을 먹을 수 있는 준비를 해갔다.

"해외 순방에 우리가 따라갈 때는 쌀을 가지고 가요. 요즘 밥통도 잘 나오잖아요? 조그만 것으로 직접 준비해가고요. 또 생선 요리는 만들어서 냉동시켜서 가요."

김대중 대통령은 해외에 나가서도 한식을 먹으며 입맛과 체력을 보충했다고 한다. 현지 음식이 안 맞을 때는 청와대 주방에서 파견된 요리사와 운영관이 가지고 간 밥통으로 따뜻한 밥을 먹게 한 것이다. 또 느끼한 음식을 많이 먹어 속이 안 좋을 때는 냉면을 만들어 속을 개운하게 했다. 요리사들은 식힌 냉면 국물을 항상 준비해두고 있다가 대통령이 먹고 싶어 할 때 바로 만들었다고 한다.

이렇게 돌봐주는 손길이 많아서였을까? 김대중 대통령은 해외 순방 일정에서도 좋은 성과를 거두었고, 우리나라는 IMF 사태를 3년 만에 조기 졸업하는 기쁨을 맛보게 되었다. 또 김대중 대통령은 재임기간 동안 잔병치레 하나 없이 건강한 청와대 생활을 했다. 오히려 부인 이희호 여사가 한복 치마에 걸려 넘어지는 사고가 있었지, 김대중 대통령은 큰 병이나 사고 없이 청와대 생활을 마무리했다.

청와대에서는 대통령 자신도, 또 수행하는 사람들도 최선을 다해 대통령의 건강을 돌본다. 대통령의 몸이 좋지 않을 경우에도 주치의들은 이에 대해 함구한다고 한다. 대통령의 건강은 안보와 직결되기 때문에 비밀유지를 하는 것이다. 대통령의 건강은 개인의 건강이 아니라 곧 나라의 건강인 것이다.

9. 노무현 대통령의 밥상

노무현(16대) 2003년 2월~2008년 2월

노무현 대통령은 2000년, 당선 가능성이 높은 지역구를 포기하고 '지역주의 타파'를 외치며 부산에서 출마하여 낙선하였다. 그로 인해 '바보 노무현', '노짱'이라는 별명을 얻었으며 대한민국 최초로 정치인 팬클럽을 탄생시키기도 했다. 그러나 그의 정치적 행보가 남달랐던 것처럼 대통령으로서의 삶도 순탄하지 않았다.

취재진은 먼저, 지금은 교정을 이전한 부산상고에서 그의 동창들을 만나보았다. 어린 시절 노무현 대통령은 학업 성적은 우수했으나 가난 때문에 결석을 자주 할 수밖에 없었다고 한다. 또 도시락을 싸오지 못해, 점심시간이면 슬그머니 나가 물로 배를 채우기도 했다. 가난했지만 언제나 밝았던 노무현 대통령의 이야기를 하며 부산상고 동창들은 추억을 곱씹었다.

그렇다면 청와대 입성 후의 노무현 대통령은 어떠했을까? 그를 기억하는 사람들이 들려주는 이야기를 듣기 위해 측근들을 찾아보았다.

인간미 넘치는 대통령의 단골집

"형님 같은 분으로 갑자기 불쑥불쑥 생각나고, 한번 생각나면 지독하게 보고 싶고요."

김한길 국회의원의 가슴속, 진한 그리움으로 남아 있는 이 사람은 과연 누구일까? 거침없는 언변으로 청문회 스타가 된 뒤, 수차례 국회의원 낙선을 딛고 역전 드라마 같은 정치 여정을 펼쳤던 인물, 그리고 마침내 우리나라 제16대 대통령으로 당선된 노무현 대통령이다.

노무현 대통령은 1946년 경남 김해의 가난한 농가에서 태어났다. 가정 형편 때문에 상고에 진학한 뒤, 고학으로 사법고시에 도전하였고 인권 변호사를 거쳐 정치인의 길을 걷게 되었다. 그를 가까이에서 지켜본 이들에게는 인간적인 면모를 많이 지닌 대통령으로 기억되고 있다.

노무현 대통령의 후보자 시절부터 정무 비서 역할을 했고, 또 대통령 재임 당시 비서실 행정관으로 노무현 대통령을 가까이에서 모셨다는 백원우 전 국회의원의 이야기를 들어보자.

"장돌뱅이처럼 우리 사회의 엘리트층과 어울리는 것을 힘들어하셨어요. 시장의 상인들, 젊은 세대와 이야기하는 것을 편안해하셨고, 그분들의 언어로 대화할 수 있는 특이한 정치인이기도 했습니다."

엘리트층보다는 서민들, 그리고 기성세대보다는 젊은 세대와 어울리는 것을 더 자연스럽고 편안하게 생각했던 노무현 대통령. 그래서인지 식사 자리 또한 지극히 소탈하고 격식 없는 곳을 선호했다.

"큰 호텔에서 나오는 음식이나 일식집에 차려진 만찬보다는 시장 뒷골목의 맛있는 집 같은 곳을 참 좋아하셨어요. 그런 분위기를 더 많이 즐기셨죠. 소주 한 잔 걸치며 사람들이 살아가는 이야기, 삶의 애환들을 이야기하는 분위기를 좋아하셨습니다."

노무현 대통령의 발걸음은 고급스러운 분위기보다는 인간적인 분위기가 흐르는 곳으로 향했다. 그의 단골집 또한 서울시 중구 북창동의 작고 허름한 식당들이 옹기종기 모여 있는 좁은 골목 속에서 찾을 수 있었다.

'마산집'은 같은 장소에서만 30년 넘게 장사를 하고 있는 쇠고기국밥집이다. 수리 한 번 하지 않고 처음 식당 문을 열었을 때와 똑같은 모습을 하고 있는 이 식당은 그 옛날, 경상도 시골 장터에서 팔던 국밥 맛을 고스란히 이어오고 있다. 사장인 이미숙 씨는 노무현 대통령이 처음 이 집을 찾아왔을 때를 지금도 생생히 기억한다.

"그때가 한 20년 넘었어요. 우리 가게에서 부산상고 동기 모임이 있었거든요."

식당 벽 한구석에는 단골손님들의 예약을 표시해둔 종이들이 메모판에 붙어 있는데, 부산상고 동기 모임이라고 쓰여 있는 종이가 눈에 띈다. 부산상고 동창들은 경상도 국밥집인 이곳에서 벌써 수십 년 동안 동기 모임을 갖고 있다고 한다.

이미숙 사장이 20여 년 전, 처음 이곳을 찾은 노무현 대통령의 모습을 또렷이 기억하는 것은 첫인상이 워낙 강했기 때문이다.

"구두는 반질반질한 것도 없고……, 찐쌀 팔러 오신 그런 분 같았죠."

매번 식당 문을 열고 들어오는 노무현 대통령의 모습은 정겨웠다.

"식당 문을 열고 들어올 때 '이모 국밥 한 그릇 주이소.'라고 말씀하셨어요."

마산집의 낡은 목조 계단을 밟고 올라가면 2층에 부산상고 동창들의 지정석이 있다. 이곳에서 노무현 대통령은 식사와 함께 반주를 걸치며 동기들과 허물없이 어울렸다고 한다. 이미숙 사장은 그 모습을 이렇게 표현했다.

"긴장을 풀어버리는 타입으로, 먹자! 하는 스타일이세요."

노무현 대통령은 체면과 격식을 모두 벗어던지고 편안한 분위기에서 마음껏 회식을 즐겼다고 한다. 오랜만에 고교 동창들을 만나 순수했던 시절로 돌아간 마음도 있었을 것이고, 어릴 때 자주 먹었던 이 식당의 경상도식 국밥이 고향 같은 푸근한 분위기를 느끼게 해주지 않았을까 싶다.

노무현 대통령이 처음 식당을 찾았을 당시 국밥 가격은 2,000원이었다. 서민적인 식당인 만큼 맛도 시골 장터에서 팔던 경상도식 국밥 맛 그대로이다. 경기도식 국밥은 무와 양지머리, 된장을 넣고 맑게 끓이는 반면, 경상도식 국밥은 고춧가루로 간을 한 얼큰한 맛이 특징이다. 이미숙 사장의 말에 의하면 노무현 대통령은 경상도 국밥 맛을 한층 더 살려서 식사를 했다고 한다.

"깍두기 국물을 밥에 넣어서 얼큰하고 시원하게, 완전히 경상도 식으로 드시더라고요."

이 식당에는 국밥 외에 노무현 대통령의 또 다른 단골 메뉴가 있었다. 바로 통영에서 공수해온 싱싱한 굴로 만든 굴전이다!

"보통 굴전은 부침가루와 튀김가루를 사용하는데 우리는 마늘을 더 넣어요. 그게 입에 맞으신 것 같아요."

노무현 대통령의 단골 음식점 '마산집'(왼쪽). 노무현 대통령이 좋아했던 경상도식 국밥 (오른쪽)

항상 수더분하게 식사를 했던 노무현 대통령의 털털한 모습에 이미숙 사장은 그가 대통령이 되리라곤 상상도 하지 못했다.

"우리는 그냥 일반 손님이라고 생각했지 변호사님이라고는 전혀 생각 못 했어요. 그런데 어느 날 갑자기 대통령이 되셔가지고 우리도 깜짝 놀랐지요."

평범한 모습의 그가 오래도록 이미숙 사장의 기억에 남을 수 있었던 것은 유달리 정이 많고 따뜻한 손님이었기 때문이라고 한다.

"드시고 난 후에는 항상 '얼큰하고 시원하게 잘 먹고 갑니다.'라고 말씀을 하고 가세요. 오는 정이 있어야 가는 정이 있다고, 맛이 있든 없든 그런 말 한마디가 얼마나 따뜻합니까?"

단골 식당 주인의 기억 속에 있는 노무현 대통령은 밥을 먹고 감사함을 표할 줄 아는 푸근한 단골손님이었다.

소박했던 취임 첫날 첫 식사

청와대에서 기억하는 노무현 대통령의 모습은 어떠할까? 당시 노

노무현 대통령이 좋아했
던 단골집의 굴전과 국밥

무현 대통령의 식사를 담당했던 이는 현재는 한 호텔의 중국 지사에서 근무하는 김규형 요리사이다. 그는 노무현 대통령의 취재를 위해서라면 협조하겠다며 취재진을 찾아왔다. 김규형 씨는 노무현 대통령의 진솔했던 첫 식사 때의 모습부터 들려주었다.

"취임하셨던 첫날에는 제가 정말 소박한, 우리가 수시로 먹는 고춧가루 넣은 콩나물국과 생선구이 하나, 반찬 몇 가지로 아침을 차렸습니다."

취임 첫날 첫 식사로 콩나물국을 끓인 것은 보편적으로 우리나라 사람이라면 콩나물국을 거부감 없이 먹기 때문이다. 대통령의 식성을 파악하기 전이라 누구나 잘 먹는 무난한 콩나물국을 메뉴로 선택한 것이었다. 평범한 콩나물국이었지만 노무현 대통령의 반응은 의외였다.

"그날 대통령께서 주방을 찾아와 '오늘 아침에 국을 끓여주고 생선을 구워준 사람이 누군가?' 물어보셔서 '제가 콩나물국을 끓였습니다.' 라고 말씀을 드렸죠. 그랬더니 '이런 맛있는 콩나물국은 처음 먹어봤네.' 라고 말씀하셨습니다. 그렇게 격려해주시니 내가 이분을 5년 동안 열심히 모실 수 있겠구나 하고 생각했지요."

첫날인 만큼 사기를 높이기 위한 칭찬일 수도 있지만, 자신이 한 음식을 이렇게 직접 격려해주는 대통령이기에 5년 동안 지극정성으로 모실 수 있겠다는 생각이 들었다고 한다. 그가 5년 동안 지켜본 노무현 대통령의 식성은 어떠했을까?

"고향이 부산 쪽이어서 그런지 해물을 굉장히 좋아하셨어요. 가장 대표적인 게 대구탕, 그 다음에 생선회도 참 좋아하셨고요. 꼼장어 구이 이런 것도 아주 좋아하셨어요. 노무현 대통령께 해드릴 수 있는 음식들이 참 다양해서 굉장히 행복했던 기억이 있습니다."

노무현 대통령의 식성이 뭐든 가리지 않는 편이라 다양한 음식을 만들 수 있었지만, 처음에는 시행착오도 있었다. 김규형 씨는 대통령이 대구탕을 좋아한다는 걸 알고 나름대로 자신의 요리상식과 비법을 동원했다. 하지만 노무현 대통령이 식사 후 전한 말은 이러했다.

"대구탕은 많은 재료를 넣으면 맛이 없어. 대구탕은 무하고 파만 넣으면 아무리 못 끓여도 맛있어."

그래서 다음번 대구탕을 끓일 때는 대통령의 말대로 무하고 파 그리고 고춧가루만 넣었다. 노무현 대통령은 그렇게 끓인 대구탕 맛을 보고 "바로 기거야." 하면서 맛있게 먹었다고 한다.

이러한 경험을 통해 요리사 김규형 씨는 '아! 대통령의 식성이 이거구나.' 하고 감을 잡아갔다. 요리사가 가진 상식이나 비법이 다 옳은

건 아니라는 사실을 깨달은 것이다. 보편적으로 맛있는 음식이 아니라 자신이 모시는 대통령의 입맛에 맞는 음식을 만드는 것이 진정한 청와대 요리사의 역할이기 때문이다.

마지막까지 따뜻했던 청와대 밥상

요리사 김규형 씨는 점점 대통령의 입맛과 식성을 알아가면서 조심할 음식이 있다는 것을 알게 되었다. 노무현 대통령은 취임 초기, 국민과의 소통을 강조하며 검사들과의 대화 등 다양한 계층과의 대화를 시도했다. 하지만 언론의 뭇매를 맞으면서 대화는 단절되고 지지율은 하락했다. 마음고생 탓이었을까? 이 당시 노무현 대통령은 특정 재료에 대해 민감하게 반응을 했다고 한다.

"노무현 대통령께서 초기에 건강이 좀 좋지 않으셨을 때 밀가루에 대한 거부감이 있으셨어요. 항상은 아니지만 그럴 때에는 알레르기 반응이 있어서 그 부분에 대해서 저희들이 조심했던 기억이 있습니다."

노무현 대통령의 주치의도 건강이 좋지 않을 때는 밀가루 음식을 가급적 메뉴에서 배제할 것을 권유했다. 그래서 청와대 요리사들은 밀가루 음식의 횟수를 줄이고 빵도 밀가루 대신 쌀로 만든 것을 준비

노무현 대통령은 취임 초기에 밀가
루에 대한 거부감이 있어 요리사들
이 각별하게 주의를 기울였다.

했다고 한다.

하지만 건강에 이상이 없을 때는 어떤 음식이든 잘 먹었다. 요리사 김규형 씨도 노무현 대통령과 라면에 얽힌 일화를 가지고 있었다.

"대통령께서 참모진들과 같이 식사를 하시고 굉장히 바쁘게 일을 하다 보니 저희 요리사들이 끼니를 놓쳐 늦은 시간에 라면을 끓여먹은 적이 있습니다."

그때 갑자기 노무현 대통령이 주방문을 열고 들어왔다. 요리사들은 허겁지겁 라면을 먹는 모습을 들켜 민망함을 감출 수 없었는데, 노무현 대통령이 뜻밖의 말을 했다.

"아, 식사가 늦었군! 맛있어 보이는데 나도 라면 반 개만 좀 끓여주면 안 될까?"

요리사들이 무안해할까 봐 자신도 같이 라면을 먹겠다고 말했던 것이다.

대통령이기에 당연히 국민의 한 사람으로 마음과 정성을 다해 모셔야 했지만, 인간적인 모습으로 다가오는 대통령의 모습에 더욱 애정을 갖게 될 수밖에 없었다고 한다. 그래서 노무현 대통령이 퇴임을 하고 봉화로 떠나는 날에도 3단 도시락을 정성스럽게 준비했다. 마지막

청와대 조리사들이 봉화 마을을 찾아와 노무현 대통령과 찍은 사진(왼쪽), 봉화 마을에서 즐거운 한때를 보내고 있는 노무현 대통령(오른쪽).

까지 정성을 다해 모시고 싶었기 때문이다. 노무현 대통령은 기차 안에서 식사를 맛있게 하며 요리사들에게 고마운 마음을 전했다.

그 후 청와대 요리사들은 직접 봉화 마을에 가서 노무현 대통령을 찾아뵙기도 했다. 노무현 대통령은 "그동안 내가 잘 얻어먹었으니 오늘은 내가 대접할게."라며 인근 식당에서 식사를 대접했는데 그것이 노무현 대통령과의 마지막 만남이자 식사가 되고 말았다.

인간미 넘치는 밥상처럼 따뜻한 세상을 꿈꿨던 대통령의 마지막 선택은 아직도 많은 이들을 안타깝게 하고 있다.

10. 이명박 대통령의 밥상

이명박(17대) 2008년 2월~현재

 우리나라 역대 대통령 중 식당에 사인이 가장 많이 걸려 있는 대통령은 과연 누구일까? 정답은 이명박 대통령이다.

 이명박 대통령은 대기업 CEO 출신에, 서울 시장을 하면서 여러 곳을 다니며 식사를 해야 했기에 가본 식당도 많고, 먹어본 음식도 많을 것이다. 음식도 많이 먹어본 사람이 잘 안다고 하는데, 수많은 음식을 먹어본 이명박 대통령은 어떤 음식을 제일 좋아할까?

 아직도 많은 사람들의 머릿속에 남아 있는 대선 광고에서처럼 실제로도 국밥을 좋아할까? 우리는 여러 궁금증을 안고 이명박 대통령의 단골집이 모여 있다는 서울 인사동 거리로 나섰다.

 이명박 대통령은 자수성가한 CEO 출신 정치인답게 무난한 식성을 자랑하며, 때와 장소를 가리지 않고 다양한 먹을거리를 즐기는 것으로 알려져 있다. 그중에서도 서울 인사동 거리에 그의 단골집이 모여 있는 이유는, 이명박 대통령이 과거 수십 년 동안 근무했던 현대그룹 사옥과 대선 레이스의 베이스캠프였던 안국포럼이 모두 인사동과 가까이 있기 때문이다.

대통령이 사랑한 왕만두

전통의 거리, 인사동에 들어서면 음식들이 넘쳐난다. 노점에서 파는 옥수수, 호떡을 줄을 서서 사 먹는 사람들이 눈에 띈다. 옛날 왕이 후식으로 먹었다던 실타래 모양의 용수염 등 지나가는 이들의 발길을 멈추게 하는 간식이 많다. 큰길에도 먹을거리가 많지만, 골목과 골목으로 이어진 인사동 곳곳에는 숨은 맛집들이 촘촘히 들어서 있다.

이명박 대통령의 맛집은 어디에 있을까? 우리는 간신히 인사동 골목 한 귀퉁이에서 이명박 대통령의 단골 식당인 '사동면옥'을 찾을 수 있었다. 36년째 큼직한 황해도식 만두를 하나하나 손수 빚으며 전통의 맛을 자랑하는 '사동면옥'의 입구에 들어서자마자 이명박 대통령의 사인 두 개가 눈에 들어온다. 이명박 대통령은 서울 시장으로 재임하고 있을 때뿐 아니라, 대통령이 되기 얼마 전까지 이 식당을 자주 찾아왔었다고 송점숙 사장이 전했다.

"대선 얼마 전에 경호원들과 함께 오셔서 문풍지가 뚫어진 방에 두 분께서 앉으시고, 나머지 사람들은 홀에 앉으셔서 잘 잡수시더라고요."

이 식당에서 이명박 대통령이 가장 좋아한 음식은 다름 아닌 왕만두! 16가지 양념과 채소를 고루 넣어 소를 만든 이 왕만두는 보기만 해도 배가 부를 정도다. 마른 몸집의 이명박 대통령은 이 왕만두를 몇

개나 먹을까? 송점숙 사장에게 물어보았다.

"이명박 대통령은 대식가인 듯해요. 우리 만두가 크거든요. 지금 크기가 세 번을 줄인 거예요. 처음에는 엄청 컸어요. 지금도 하나가 100그램이 넘어요. 조그만 만두 세 개랑 맞먹죠. 그런데도 세 개 이상은 꼭 드세요."

일반 사람들 같으면 두 개만 먹어도 배가 부를 텐데 이명박 대통령은 왕만두뿐 아니라, 뜨끈한 국물 맛이 일품인 만두전골, 그리고 두툼한 해물파전까지 김윤옥 여사와 푸짐하게 식사를 즐길 때가 많았다.

"전골까지 하면 4인 분인데 두 분이 파전에다가 공깃밥 두 개, 국물까지 다 드시더라고요."

취재팀에서도 이명박 대통령이 재래시장으로 시찰을 나갔을 때 만두를 먹는 모습을 몇 번 본 적이 있었다. 사동면옥 송점숙 사장의 이야기를 참고하면 이명박 대통령은 만두를 무척 좋아하는 듯하다.

"언제는 전화가 왔어요. 만두집이냐고 물어서 그렇다고 했더니 만두를 포장해야 한다고 그러시더라고요. '우리는 포장 안 해요.' 그랬더니 계속 전화가 오고 그러다가 한 서너 명이 직접 와서 '안 하는 게 어디 있느냐.' 고 그러는 거예요."

이명박 대통령의 사인이 걸려 있는 식당(사동면옥). 이명박 대통령이 즐겨 먹었던 만두
전골, 왕만두, 해물파전

만두는 바로 쪄서 따끈할 때 먹어야 제 맛이 난다. 그래서 포장판매를 하지 않는 게 사동면옥의 개업 때부터의 철칙이다. 송점숙 사장은 찾아온 이들에게 식당 한구석에 써 붙여진 '만두 포장 안 됨'이라는 글씨를 보여주며 다시 한 번 만두 포장을 해줄 수 없음을 강조했다. 그랬더니 하는 말이 '그분이 드실 거'라는 것이다.

"'그분이 누군데요?' 하고 물어보니 저쪽에 사인하신 분이래요."

송점숙 사장은 그제야 만두를 먹고 싶어 하는 사람이 이명박 대통령임을 알았다고 한다. 대통령은 밖에서 음식을 사 먹기가 곤란하다는 사실을 알기에 특별히 포장을 해주었다. 처음에는 다섯 개를 포장해 주었는데, 만두를 사러 온 사람들이 그것으로는 모자란다 하여 결국 15개를 포장해주었다.

우리는 '사동면옥'을 취재하며 이명박 대통령이 배불리 먹는 것을 좋아하는 스타일임을 짐작할 수 있었다. 그렇다면 익히 알려졌듯이 대표적인 서민 음식, 국밥도 잘 먹을까? 사실 여부를 확인하기 위해 인사동에 위치한 이명박 대통령의 또 다른 단골집 '안동국시 소람'을 찾아가 보았다. 멸치 국물이 아닌 고기 국물로 깔끔하게 끓인 안동식 칼국수와 얼큰한 쇠고기 국밥이 이 집의 주 메뉴이다.

"이명박 대통령은 국수도 많이 드시고 국밥도 많이 드시고, 두루두루 많이 드셨습니다. 영부인께서도 같이 오셨는데 제가 알기로는 두 분이 굉장히 금슬도 좋으시고 같이 자주 다니시는 걸로 알고 있습니다."

'안동국시 소람'의 사장 고봉삼 씨의 말이다. 이명박 대통령은 국수와 국밥 모두 가리지 않고 잘 먹었다고 한다. 대선 광고에서처럼 시장통에서 파는 국밥은 아닐지라도 평소 국밥을 자주 먹은 것은 사실인 듯하다. 이 식당은 국수가 주 메뉴이지만, 국물 맛이 진한 쇠고기국밥을 찾는 이도 많다. 우리가 흔히 먹는 육개장보다 국물이 더 진하고 얼큰해서 한번 맛을 보면 자주 찾게 된다고 한다. 일하는 종업원들에게 이명박 대통령이 식사하는 모습을 본 적이 있냐고 물었더니 짧게 대답했다.

"까다롭지 않으셨어요. 차려진 음식은 가리지 않고 다 잘 드셨어요."

식사 후 밥상을 보면 가장 깨끗이 비워져 있어 설거지가 필요 없어 보이는 그릇의 주인이 바로 이명박 대통령이라고 한다. 이명박 대통령은 음식을 먹을 때 남김없이 완전히 비우는 스타일이라고 한다. 대기업 직원으로, 서울 시장으로 바쁘게 살아온 그인지라 일할 원동력이 되는 밥상 음식을 언제나 맛있게 다 비우지 않았을까 싶다.

취재하던 도중 귀가 솔깃한 이야기를 들었다. 이명박 대통령이 얼마 전 이 식당을 찾아왔다는 것이다. 재임기간에는 대통령들이 경호

문제로 외식을 잘 안 하는데, 이명박 대통령은 이례적으로 이 식당을 직접 찾아왔다고 한다. 고봉삼 사장의 이야기를 자세히 들어보자.

"저희도 전혀 몰랐는데 하루 전에 개인 이름으로 예약을 하셨고, 예약 당일 2~3시간 전에 경호실에서 대통령께서 오신다고 하며 여러 가지 점검을 했습니다. 대선 레이스 시절에 자주 오셔서 저희 식당 직원들과 낯이 익었는데 그 직원들과 반갑게 인사도 하시고요."

이명박 대통령 부부가 직접 와서 식사도 하고, 또 식당 종업원들과 기념 촬영까지 했다고 한다. 청와대에 실력 좋은 요리사도 있고 또 외국 귀빈들과 만찬을 자주 갖는 이명박 대통령이 굳이 이 식당을 찾아온 이유가 무엇일까? 추측하건데 대선 레이스 시절, 안국포럼에 있을 때 자주 찾아와 즐겨 먹었던 국밥 생각이 간절하여 갑작스럽게 이 식당을 찾지 않았나 싶다.

쌀밥이 최고, 한식이 최고!

이명박 대통령은 재임기간 중에도 소탈한 식성을 자랑했다. 그가 좋아하는 음식은 만두, 중국요리, 국밥 등 어른들이 좋아하는 음식부터 젊은 세대가 좋아하는 스파게티까지 종류가 다양하다.

이명박 대통령의 단골집
의 주 메뉴인 국밥과 국수

하지만 그가 유일하게 잘 먹지 않는 음식이 있었으니 바로 잡곡밥이다. 배고픈 어린 시절을 경험한 탓인지 이명박 대통령은 유독 쌀밥에 애착이 강하다고 한다.

4남 3녀 중 다섯째로 일본 오사카에서 태어난 이명박 대통령은 어릴 때부터 가정 형편이 어려웠다. 그가 네 살이 되던 1945년, 온 가족이 한국으로 돌아왔지만 배가 침몰하여 그나마 갖고 있던 전 재산을 다 잃었고, 또 6.25 전쟁 때 미군의 폭격으로 누나와 동생을 잃어야만 했다.

포항에서 살던 남은 가족들은 방 한 칸에 기거하며 하루 두 끼를 술지게미로 때워야 했다. 이 때문에 학교에서는 술 냄새가 난다며 놀림을 받기도 했지만, 술지게미도 감지덕지했던 시절이었다. 이명박 대통령은 성냥, 김밥을 파는 장사를 하며 학업을 병행했다. 제대로 먹지도 못하는 가운데 장사를 하며 공부했던 이명박 대통령은 중학교 시절 급기야 영양실조로 쓰러져 학교를 휴학하고 말았다.

이명박 대통령의 어린 시절은 한마디로 배고픔에 사무친 서러운 세월이었다. 그런 이명박 대통령이기에 다른 것은 몰라도 쌀밥에 대한 애착이 크지 않을까 추측해본다. 그래서인지 특별히 좋아하는 별식도 간장 비빔밥이다. 뜨거운 쌀밥에 계란과 간장을 넣고 비빈 간장 비빔밥이 이명박 대통령이 제일 좋아하는 음식이라고 한다. 몸이 안 좋거나 기운이 없을 때에는 김윤옥 여사에게 특별히 이 별식을 부탁한다고 한다.

뜨거운 쌀밥에 계란과 간장을 넣고 비빈 간장 비빔밥

이명박 대통령은 쌀밥뿐 아니라 쌀로 만든 떡 사랑도 크다. 떡메마을을 직접 방문, 떡메를 치는 모습을 보여주는 등 쌀 소비정책을 위한 떡 홍보에도 적극적이었다. 떡으로 우리나라 쌀 소비정책을 늘릴 것을 당부하기도 했다.

떡 사랑도 부창부수일까? 부인 김윤옥 여사는 공식 일정으로 재래시장을 방문했을 때 그곳에 계신 아주머니들과 어울려 떡볶이를 먹기도 했다. 그녀는 한 인터뷰에서 "성균관 대학교 앞에서 먹던 떡볶이가 먹고 싶다."고 밝힐 정도로 떡볶이를 무척 좋아한다.

청와대에서 준비하는 바자회에서도 빠지지 않고 준비하는 게 떡볶이다. 지역 아동센터를 찾아 그곳 어린이들에게 직접 만들어준 음식도 떡볶이였다.

급기야 세계인들에게 우리 떡볶이를 널리 알리겠다며 '떡볶이 연구소' 설립을 추진하기도 했다. 이와 더불어 2017년까지 한식을 세계 5대 음식 문화권으로 올려놓겠다는 목적으로 설립된 '한식 세계화 추진단'의 명예회장을 맡기도 했다. 미국의 CNN 기자를 청와대에 초청, 직접 음식을 만들며 한식 알리기에 나선 일도 있었다.

이후 한식 재단을 설립한 그녀는 G20 정상회의에 참석한 세계 정상들의 배우자들에게 한식 관련 책을 선물하기도 했다. 초청 만찬에서는 삼색전, 너비아니, 궁중 신선로 등을 올려 우리 전통 궁중 한식을 선보였다. 또 평소 이명박 대통령이 즐겨 먹던 멸치볶음, 다시마튀각, 명란젓 등의 반찬도 함께 올렸다.

2009년 CNN 〈한국을 바라보는 눈 Eye On South Korea〉에 소개된 이명박 대통령이 즐겨 먹는 반찬들. 명란젓, 멸치 볶음, 각종 나물, 고추 멸치 볶음

한식이 세계화가 된다면 이를 기점으로 우리의 전통문화도 세계에 알릴 수 있고, 수출로 이어진다면 우리의 경제를 살릴 수 있는 방편이 될 거라는 기대가 있다. 하지만 현재 한식 재단의 예산이 만만치 않아 김윤옥 여사의 한식 세계화는 구설수에 오르기도 했다.

'대통령의 밥상'을 마무리하며

'대통령의 밥상'에 대한 취재는 서민들의 밥상과는 뭔가 다를 것이라는 기대감으로 시작했다. 하지만 취재를 하며 알게 된 대통령의 밥상은 의외로 소박했다. 청와대에서도 어린 시절 즐겨 먹던 음식을 찾았고, 특별한 메뉴보다는 매일 먹어도 질리지 않는 가정식을 원했다.

사실 청와대에는 얼마든지 특별한 음식을 부탁할 수 있는 요리사들이 대기하고 있다. 하지만 바쁜 일정을 소화하며 개인으로서가 아닌 공인으로서 건강을 지키기 위해서는, 밥상에 지나친 탐욕을 부리는 것이 금물임을 모든 대통령들이 알고 있었다.

역대 대통령들에 대한 평가는 모두 다르지만, 가까이에서 대통령을 보필했던 사람들의 이야기를 들으며 느꼈던 것은 모든 대통령이 자신의 재임기간에 고군분투했다는 사실이다. 나라가 어려울 때 국민들의 아픔을 함께 나누기 위해 청와대의 밥상에서부터 먼저 절제하기도 했다. 밥상을 대하는 태도 하나로 대통령으로서의 모든 행보를 덮을 수는 없는 일이다. 하지만 대통령이란 자리는 사소한 밥상 하나에서부터 의미가 생기는 어렵고도 중요한 자리임을 이번 취재를 통해 다시 한 번 확인할 수 있었다.

가족이 차려준 정성스러운 밥상을 받으며 가장이 힘을 내어 살아가듯, 대통령 역시 국민들이 차려주는 정성스러운 밥상을 받고 열심히 일했던 한 나라의 가장이었다. 대통령의 밥상! 그곳에는 밥심으로 살아가는 대한민국이 담겨 있었다.

청와대의 김치

한국인의 밥상에서는 김치를 빼놓을 수 없다. 직접 김장을 담가 먹는 집이 예전보다 줄어들기는 했지만 아직도 매년 늦가을이 되면 겨울 식탁을 위해 김장을 하는 풍경이 곳곳에서 펼쳐진다.

그렇다면 청와대는 김치를 어떻게 감당할까? 청와대 식구들의 김치 소비량만 해도 만만치 않을 텐데 말이다.

청와대도 김장을 한다. 김장하는 날, 수십 포기의 김치를 담근 뒤에 돼지 수육 보쌈을 먹는 등 여느 가정집과 다름없는 풍경을 연출한다고 한다.

이날만은 주방에 모습을 잘 드러내지 않던 영부인들도 기꺼이 참석한다. 대통령 역시 김치 없이 밥을 못 먹는 한국 사람인만큼 남편의 입맛에 맞는 김치를 담그기 위해서이다.

김치는 안에 들어가는 재료에 따라 맛이 천차만별인 음식이다. 그래서 청와대의 김치는 재임 중인 대통령과 영부인의 입맛에 따라 수시로 변할 수밖에 없다.

전라도 출신 대통령이 재임할 땐 젓갈을 넣어 진하고 깊은 맛을 내는 김치가 상에 오르고, 경상도 출신의 대통령이 재임할 땐 과일을 넣어 시원한 맛이 돋보이는 김치가 상에 오른다.

노무현 대통령의 김치를 담글 때는 곰국을 넣어 담백한 김치 맛을 냈고, 이명박 대통령의 김치를 담글 때는 생갈치 젓갈을 넣어 시원한 맛을 살렸다고 한다. 특히 이명박 대통령의 부인 김윤옥 여사는 세계 여러 귀빈에게 한식을 소개하며 우리나라의 김치를 홍보하여 많은 관심을 끌었다.

대한민국의 대표적인 건강식
품인 김치! 우리나라 대통령들
의 입맛과 건강을 책임지고 있
는 청와대 김치가 언젠가 세계
정상들의 밥상에도 오르는 날이
오지 않을까 기대해본다.

김장을 담그는 김윤옥 여사

part 2

대통령의
생활

앞 장에서 살폈던 대통령의 밥상에서는 대통령들의 기호뿐 아니라 개인사와 당시의 시대상까지 엿볼 수 있었다. 하지만 이것이 밥상에만 국한된 이야기일까?

취재진은 새로운 도전을 해보기로 했다. 이번에는 대통령들의 일상생활과 손때 묻은 물건들을 조사해보기로 한 것이다.

대통령의 생활이라는 한 장 속에 대통령 여덟 명의 이야기를 묶었는데, 이야기의 방향은 여러 갈래이다.

개인적인 이야기도 담겨 있고, 대통령들의 각자 다른 스타일과 양복과 구두 등 개인 취향에 대해서도 이야기했다. 넥타이 하나에도 의미가 담긴 대통령의 의상과, 직접 발을 보지도 않고 구두를 만들었던 군사정권 시절 이야기, 대선 전략에 따른 이미지 변신에 관한 일화 등 흥미로운 이야기를 통해 당시 시대 상황을 엿볼 수 있을 것이다.

밥상 때보다 더 광범위한 취재를 해야 하는 어려움이 있었지만, 새로운 이야기가 기다리고 있을 거라는 기대감에 취재에 나서는 발걸음을 재촉했다.

1. 한국 사람보다 더 한국 사람 같았던 영부인
- 프란체스카 여사

이승만 대통령의 생활사를 알아보기 위해서 다시 한 번 이화장을 찾았다. 때마침 며느리 조혜자 씨가 거실에서 시부모님들이 쓰던 물품들을 정리하고 있었다. 장마 때 쏟아진 폭우로 이화장이 수해를 입었던 것이다. 수리에 들어가기에 앞서 물건들을 옮기는 중이었다. 취재 의도를 설명하자 이런저런 물품들을 정리하던 조혜자 씨는 대뜸 시아버지의 양복 이야기부터 풀어놓는다.

"하와이에서 우리 아버님 양복이 참 인기가 좋았죠. 아버님 양복을 빌려 입지 않은 총각들이 없었다니까요. 호호."

먼 이국땅에서 인기가 좋았다는 이승만 대통령의 양복. 대체 어떤 양복이길래? 지금은 박물관에 보관되어 있어 직접 보여줄 수는 없지만, 이승만 대통령이 프란체스카 여사와 연애하던 시절 입던 양복이라고 한다. 외국 생활 당시 수중에 돈이 별로 없었던 이승만 대통령은 단벌 신사였다. 거의 매일 입고 다녔던 그 낡은 양복이 하와이 남자 교민들 사이에서 인기가 좋았던 것이다. 그 이유를 설명하자면 시대적인 배경 설명이 필요하다.

미국 프린스턴 유학 시절 이승만 대통령(1910년)(왼쪽). 임시정부 국무경 겸 외무경 시
절 이승만 대통령(1919년)(오른쪽).

이승만 대통령이 하와이에서 머물 당시, 많은 한국 청년들이 사탕수수밭에서 일하기 위해 이주해왔다. 워낙 한국 처녀가 드물다 보니 그들은 혼기가 차도록 짝을 찾지 못한 경우가 많았다. 궁여지책으로 그들은 자신들의 사진을 고국으로 보냈고, 한국에 있는 처자들이 그 사진을 보고 하와이까지 선을 보러 오는 경우가 종종 있었다.

이렇게 태평양까지 건너온 처자들이건만, 맞선 보는 자리에서 기겁을 하고 돌아가는 경우가 많았다. 받았던 사진과 맞선 장소에 나온 청년들의 실물이 너무 달랐던 것이다. 청년들이 한국에는 한참 젊었을 때 찍은 사진을 보냈지만, 하와이 땡볕에서 하루 종일 일했던 그들은 실제 나이보다 늙어 보이는 경우가 많았기 때문이다.

그런데 이상하게도 이승만 대통령이 입던 양복을 빌려 입고 나간 남자 교민들은 혼사가 많이 성사되었다. 이것이 소문이 나자 너도나도 이승만 대통령의 양복을 빌려 입고 선을 보고자 했고, 이 사람 저 사람에게 빌려주다 보니 이승만 대통령의 양복은 수선을 여러 차례 해야만 했다.

실제 그 양복을 보면 허리치수를 늘렸다 줄였다 한 흔적이 남아 있다. 이승만 대통령은 오랜 외국 생활을 해서인지 세련된 멋이 있었다. 양복도 어깨라인이 강조되지 않고 높은 고지라인(앞여밈점까지의 깃의 길이)이어서, 나이가 좀 들어 보이는 사람에게도 중후한 멋을 풍기지 않았나 싶다. 프란체스카 여사도 그런 이승만 대통령의 중후한 멋에 이끌려 많은 나이 차이를 극복하고 한국으로 왔던 게 아닐까.

이화장 거실에는 이승만 대통령의 양복 외에도 프란체스카 여사가 입던 한복이 여러 벌 걸려 있다. 프란체스카 여사는 집에서도 한복을 입을 정도로 애용했는데, 그녀의 한복 속치마를 보면 군데군데 기워 입은 흔적이 많다.

"어머니는 늘 아껴 생활하셨죠. 자신의 옷뿐 아니라 아버님도 속옷까지 다 기워서 입게 하셨어요."

경무대에서 생활할 때, 일하는 사람이 빨래를 널다 깜짝 놀랄 정도로 프란체스카 여사와 이승만 대통령은 속옷까지 닳아 떨어진 것을 꿰매 입었다. 오랫동안 외국에서 어렵게 생활한 경험이 쌓였고, 당시 나라 형편이 어려워서 대통령 역시도 절약하며 살아야 했던 것이다. 프란체스카 여사는 늘 한복을 입었을 뿐 아니라, 거기에 어울리는 쪽을 찐 머리를 했다. 한복에 쪽을 찐 머리가 어울린다는 이유도 있었지만, 더 큰 이유는 미용실에 갈 필요가 없다는 거였다. 프란체스카 여사는 한국에서 한 번도 미용실을 간 적이 없다고 한다. 그녀는 며느리 조혜자 씨에게도 집에서 머리를 손질할 수 있는 도구를 사다 주며 직접 머리를 손질하라고 권했다. 하지만 조혜자 씨는 시어머니 몰래 미용실을 다녔다. 머리 손질에 자신이 없었기 때문이다.

"우리 어머니는 저보고 늘 'dear혜자'라고 했어요. 'dear'은 '사랑하는'이라는 의미도 있거든요. 시어머니가 보시기에 저는 돈이 많이 드는 며느리였나 봐요."

조혜자 씨도 상당히 소박한 며느리로 생각되는데, 프란체스카 여사는 성에 차지 않았나 보다.

프란체스카 여사는 의복과 미용비만 아낀 것이 아니었다. 한번은 양아들인 이인수 씨가 국내 양산을 선물했는데, 자그마치 31년간 그 양산을 썼다. 양산을 펴기 전에 먼저 좌우로 흔드는 등 오래 쓸 수 있는 방법까지 연구해가며 사용했다고 한다.

이런저런 이야기를 듣다 보니, 프란체스카 여사가 정말 오스트리아 국적이 맞나 하는 의문이 든다. 마치 우리들의 어머니나 할머니의 이야기를 듣는 것 같지 않은가? 현재 중·장년층이라면 너덜너덜 기워 입은 어머니의 속옷을 한 번쯤 본 기억이 있을 것이다. 그래서인지 조혜자 씨는 시어머니인 프란체스카 여사가 한국 사람보다 더 한국적이었다고 추억한다.

"우리 어머니, 프란체스카 여사가 가장 좋아했던 음식이 뭔지 아세요?"

우리가 외국에 나가면 김치가 먹고 싶듯, 프란체스카 여사 역시 고향 음식을 그리워했을 것 같은데 뜻밖의 대답이 나왔다.

"다름 아닌 팥 시루떡이랍니다."

아무리 한국적인 것들을 좋아했다던 프란체스카 여사지만 의외의 대답이 아닐 수 없다.

"하루는 옆집에서 이사 왔다고 팥 시루떡을 가지고 온 적이 있어요. 그냥 놔두었는데 어머니가 좀 있다 오시더니 '나 그것 좀 먹으면 안 돼?' 라고 말씀하셔서 좀 놀랐어요. 그 시루떡을 참 맛있게 드시더니 '내가 외국에 있을 때, 가장 먹고 싶었던 게 바로 이 시루떡이다.' 라고 말씀하셨어요."

프란체스카 여사는 어떻게 팥 시루떡을 좋아하게 되었을까? 여기에는 그녀가 영부인이었던 시절의 시대적 상황이 있다.

전쟁 직후, 프란체스카 여사는 복구할 곳이 많았던 우리나라 곳곳의 준공식을 남편 이승만 대통령과 함께 다녔다. 전국 방방곡곡을 찾아다녔는데, 도로 사정이 좋지 않아 자동차를 타고 몇 시간을 가야 하는 경우가 다반사였다. 자동차를 오래 타서 지치고 배가 고픈 상황에서 준공식에 도착하면, 빠짐없이 준비되어 있었던 것이 바로 팥 시루떡!

허기질 때 먹었던 팥 시루떡이 얼마나 맛있게 느껴졌는지 나중에 하와이에서도 그 생각이 간절했던 것이다. 하지만 그곳에서는 먹을 기회가 별로 없어, 프란체스카 여사는 팥 시루떡에 대한 그리움이 컸다고 한다.

이렇게 입맛까지 한국 음식에 길들여졌을 정도면, 프란체스카 여사는 이승만 대통령과 결혼 후 한국 사람이 되었다고 해도 과언이 아닐 것이다.

여기에는 삶의 체험이 큰 영향을 주었겠지만 본인의 의지 또한 담겨 있던 것 같다. 프란체스카 여사가 입던 양장의 속감들을 살펴보면 전부 무궁화 무늬다. 본인이 일일이 무궁화가 새겨진 천을 사서 속감으로 댄 것이다. 안 보이는 곳까지도 한국인으로 살아가고자 애썼던 프란체스카 여사!

이승만 대통령에 대한 사람들의 평가가 엇갈리듯, 그녀에 대한 평가도 엇갈리고 있지만 한국으로 시집와서 한국인의 아내로 살기 위해 노력했던 것만은 분명하다. 시대적인 상황에 맞추어 대통령의 부인으로서 알뜰하게 살았던 모습은 귀감이 될 만하다. 며느리 조혜자 씨 역시 다른 것은 몰라도 시어머니의 알뜰함만은 대를 이어 계승하고 싶다고 전했다.

"제가 가장 아끼는 옷은 시어머니에게 물려받은 검은 예복이에요. 어머니가 수십 년 동안 아껴 입다가 저한테 물려주셨는데, 저도 이 옷을 아껴 입다 며느리에게 물려주려고 해요."

두부와 콩 요리를 좋아했던 프란체스카 여사. 화초는 안 키워도 콩나물은 키운다고 말
하며 이화장에서 직접 콩나물을 키웠다.(며느리 조혜자 씨와 프란체스카 여사)

한국으로 시집와 자손들에게 알뜰함을 물려주고 떠난 프란체스카 여사. 한국 사람보다 더 한국적인 삶을 산 프란체스카 여사는 세상을 떠날 때 평소 좋아하던 자주색 한복을 입혀달라고 했다. 오스트리아 인으로 생을 시작했으나 마지막은 한국인으로서 마치고 싶었던 게 아닐까.

2. 낡은 구두와 기운 속치마
- 박정희 대통령 부부

현재 중·장년층이라면 흑백텔레비전 화면에서 연설을 하고 있는 박정희 대통령에 대한 기억을 가지고 있을 것이다. 박정희 대통령을 기억하는 연령대가 꽤나 넓은 것은 그가 우리나라 역대 대통령 중 가장 재임기간이 길었기 때문이다. 크지 않은 키였지만 강단 있는 목소리로 카리스마 넘치는 모습을 보였던 박정희 대통령. 그가 입은 양복은 어떤 것이었을까?

박정희 대통령의 양복을 5년 동안 제작했던 한 양복점의 재단사 이야기를 들어보면, 박정희 대통령은 키가 작은 편이라 비교적 상의가 짧은 양복을 선호했다. 또 키가 커 보일 수 있는 짙은 회색의 줄무늬가 있는 양복이나 감색 양복을 자주 입었다고 한다.

또 그는 양복 입을 일이 많아 일 년에 한두 벌씩 양복을 맞추었는데, 양복을 맞출 때 한 가지 원칙이 있었다. 수입 양복지 대신 국산 혼방 양복지로 양복을 해 입는 게 철칙이었다. 당시 고위층에서는 수입 양복지를 사용하는 게 유행이었지만, 박정희 대통령은 유독 국산 양복지만을 고집했던 것이다.

그런데 1979년 미국 대통령 지미 카터가 방한했을 때, 박정희 대통령의 양복을 담당하던 양복점에서는 고민에 빠지게 되었다. 지미 카터 대통령의 의상에 맞추어 이브닝코트를 제작해야 하는데, 당시 우리나라에서는 이브닝코트를 제작할 수 있는 원단이 생산되지 않았던 것이다. 그렇다고 외국 원단을 쓰자니 박정희 대통령이 입기를 거부할 것 같았다. 할 수 없이 원단의 'Made in England' 라는 글씨를 오려내고 이브닝코트를 제작했다고 한다.

양복에 대한 또 다른 일화가 있다. 박정희 대통령이 축농증 수술을 한 후, 담배를 끊게 되자 허리 치수가 늘어났다. 그래서 양복 수선을 맡겼는데, 살펴보니 양복의 안감까지 너덜너덜하게 떨어져 있었다. 양복점에서는 새로 양복을 맞추라고 제안했지만, 박정희 대통령은 수선만 해달라고 고집을 부렸다. 양복점 사장은 박정희 대통령의 고집스러운 성격을 잘 알기에 그의 뜻에 따라 수선을 해주었다고 한다.

당시 최고의 권력을 누렸지만 검소한 옷차림을 했던 박정희 대통령의 구두는 어떠했을까? 역대 대통령의 구두를 제작했던 e 제화회사의 이기철 이사는 회사에 갓 입사했을 때를 기억해냈다. 그는 선배들이 박정희 대통령의 구두를 제작하는 것을 지켜보았다고 한다.

"그때는 신입사원이라 대통령 구두는 만져보지도 못했죠. 그런데 선배들이 만드는 모습을 보니 박정희 대통령은 발이 커 보이고 키도 커 보이도록 사이즈를 크게, 그리고 구두 굽을 높게 만들라는 주문을 하셨죠."

당시에는 특이한 주문이었다. 일반 구두의 굽은 15밀리미터였는데

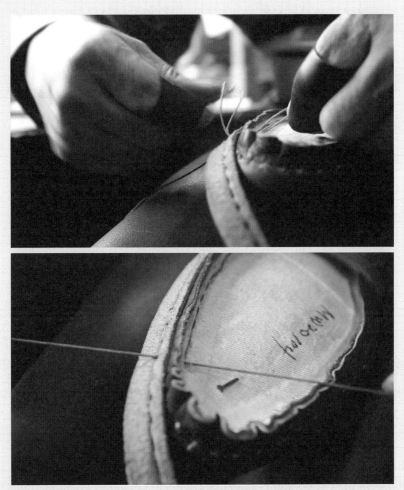

박정희 대통령은 발이 커 보이고 키도 커 보이는 구두를 주문했다.

30밀리미터의 높은 굽을 제작해달라고 한 것이다. 어쩌면 우리나라 키높이 구두의 원조가 아닐까?

언젠가 박정희 대통령이 우리나라 수천 명의 광부와 간호사가 파견되어 있던 독일에 해외 차관을 위해 가게 되었다. 이때 국내산 구두를 꼭 신고 가겠다며 구두 제작을 의뢰했다고 한다. 왜 새로 제작을 하면서까지 국내산 구두를 신으려고 했을까?

1960년대만 해도 우리나라에는 대통령 전용기가 없어 외국 항공사의 비행기를 다른 승객들과 함께 타고 가야 했다. 비록 외국 항공기를 타고 가지만 'Made in Korea' 구두로 당당히 외국 땅을 밟아 그곳에서 일하는 광부와 간호사들에게 한국인에 대한 긍지를 심어주고 싶었던 것이 아닐까? 그래서인지 박정희 대통령은 국내산 구두를 신고 도착한 독일에서 우리나라 파견 광부들과 간호사들에게 다음과 같은 연설을 했다.

"이역만리인 이곳에서 열심히 일해 이 가난만은 절대 자손들에게 물려주지 맙시다."

연설을 듣던 우리나라의 광부와 간호사 모두의 염원을 담은 말이었다. 연설장은 울음바다가 되었고, 동행했던 육영수 여사도 눈물을 쏟았다고 한다.

육영수 여사도 독일 순방에서의 일화가 있다. 한복 연구가 이리자

서독 방문 당시 박정희 대통령과 뤼프케 서독 대통령(위). 박정희 대통령의 서독 방문 (1964년 12월 7일)은 우리나라 대통령의 최초 유럽 국가 방문이었다.(아래)

씨는 박정희 대통령을 따라 독일 순방에 나서는 육영수 여사에게 무궁화가 그려진 원단으로 새 한복을 지어 입고 갈 것을 제안했다. 하지만 육영수 여사는 '그럴 자격이 없다' 며 거절했다. 차관을 위해 독일에 광부와 간호사들을 파견해야 했기에 국가 원수의 부인으로서 미안한 마음이 앞섰던 것이 아닐까. 이후 1974년 8월 15일 육영수 여사가 총격을 받아 사망한 후, 당시 서울대학병원 수간호사였던 이애주 전 국회의원은 시신을 보고 놀랐다고 한다.

"한복을 입고 계셨는데, 3단짜리 속치마를 여러 번 기운 자국이 보이더라고요."

이는 박정희 대통령도 마찬가지였다. 1979년 총격을 받아 사망한 후, 낡은 구두굽과 넥타이핀을 한 시신이 대통령임을 알고 당시 부검의사가 깜짝 놀랐다고 한다.

마지막까지 검소한 옷차림을 유지했던 박정희 대통령과 육영수 여사. 1960~70년대 온 국민이 겪었던 보릿고개는 대통령과 영부인에게도 풀어야 할 숙제였던 것이다.

3. 숨은 선행과 자식 단속
- 최규하 대통령

최규하 대통령은 공무원에서 차근차근 승진해서 대통령의 자리까지 오른 인물이다. 그는 오랜 공직 생활을 해왔기 때문인지 절약하는 삶이 몸에 배어 있었다.

집에서도 기름 값을 아끼고자 겨울에도 보일러를 가동하지 않은 날이 많았다. 직원들이 휴지통에 버린 종이도 다시 꺼내 메모지로 쓰라며 나눠주었다. 담배도 제일 값이 싼 '한산도'만 피다가 이마저 가격이 오르자 아예 담배를 끊어버렸다.

최규하 대통령의 검소함은 익히 알려져 있지만, 그의 선행에 대해서는 많이 알려진 것이 없다. 비서관이었던 권영민 씨에 의하면, 최규하 대통령 부부는 알려지지 않은 선행을 많이 베풀었다고 한다.

최규하 대통령의 부인 홍기 여사는 유독 인정이 많았다. 텔레비전을 보거나 청와대로 온 편지에서 딱한 사정을 접하고는 그냥 지나치지 못한 적이 많다. 비서관이었던 권영민 씨에게 그 집 사정을 알아보라고 지시를 한 후, 쌀가마니와 연탄을 배달시킨 일이 종종 있었다. 그때마다 최규하 대통령이 철저히 당부한 게 있었는데 바로 "기자들이 모르게 해라."였다.

자신의 선행이 선전용으로 비쳐지거나 가십이 되는 것을 막기 위해서였다. 이러한 선행은 대통령이 되기 오래전인 공무원 때부터 해왔다는 게 권영민 씨의 이야기다.

"물론 다른 대통령들도 선행을 하셨겠지만 최규하 대통령은 전부 자신의 월급을 쪼개서 도왔죠."

빠듯한 공무원 월급으로 자식들을 키우기가 수월치 않았을 텐데, 최규하 대통령은 어려운 이웃을 돕는 데 항상 인색하지 않았다.

비서관이었던 권영민 씨는 최규하 대통령이 절약하며 모은 돈을 불우이웃을 돕는 데 쓴 것도 존경스럽지만, 자식 단속 또한 철저히 한 것도 배울 점이었다고 말했다. 평소 "비서 단속, 자식 단속, 친척 단속"을 누누이 강조했던 최규하 대통령은 공무원 시절부터 친척들이 주변에 얼씬도 못 하게 했다. 또 가족과 친척들에게 어떤 특혜도 돌아가지 않게 했다. 장남이 외국 유학 중이라 군대를 연기할 수 있음에도 국내에 불러들여 군대를 보낼 정도였다.

특히 대통령이 된 후에는 더욱더 자식과 친척들의 행동을 조심시켰다. 한번은 최규하 대통령의 아들이 자신이 다니는 회사의 사장과 골프를 친 것을 알고는 불호령을 내렸다. 아들의 직급으로 봐서는 사장과 골프를 칠 사이가 아닌데, 대통령의 아들이라는 사실 때문에 골프를 함께 치러 갔다는 사실에 격분한 것이다.

대통령들의 아들이나 친척들이 감옥에 갔다는 소리를 심심치 않게

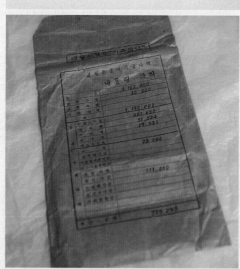

최규하 대통령이 수선해서 신었
던 구두와 월급봉투

듣는 요즘, 철저하게 주변 사람들을 관리했던 최규하 대통령의 행동은 귀감이 된다. 대통령은 자신의 행동도 중요하지만, 주변 사람들을 단속하는 것도 중요하기 때문이다.

김영삼 대통령은 아들 김현철 씨로 인한 로비가 이루어지고 있음을 보고 받았음에도 "그놈이 무슨 힘이 있다고……." 하며 넘겼고, 김대중 대통령 역시 아들이 잡음이 날 인물과 교제하고 있을 때 사귀지 말라고 당부했지만 단호하지 못했다. 아무리 대통령이라도 가족과, 가까운 사람들에게는 약해지기 마련이다. 국민들에게는 따뜻하게, 하지만 주변 사람들에게는 냉정해져야 하는 대통령의 위치는 역시 어려운 자리임을 다시 한 번 생각하게 한다.

4. 보통 사람이 되기 위한 이미지 전략
- 노태우 대통령

노태우 대통령은 1987년 6.10 민주 항쟁으로 대통령 직선제를 받아들이기로 결정했다. 전두환 대통령이 체육관에서 간접선거를 통해 대통령이 된 반면, 그는 국민들의 표를 얻어 대통령이 되는 길을 선택한 것이다. 하지만 군사정권에 대한 국민들의 이미지가 좋지 않은 상황에서 군인 출신인 자신이 어떻게 국민들의 표를 얻을지 고심하지 않을 수 없었다.

그래서 들고나온 것이 바로 '보통 사람' 이미지였다. 군인 이미지를 완전히 벗어버리고 민간인과 다를 바 없는 보통 사람임을 강조하는 것이 그의 선거 전략이었다. 당시에는 라면을 먹으며 가난하게 자란 임춘애 선수가 육상대회에서 일등을 하여 주목을 받는 시기였다. '보통 사람', 엄밀히 말하면 특별하지 않은 환경 속에서도 성공해서 우뚝 서는 사람을 높이 샀던 시대였다.

이런 시대에 맞춰 노태우 대통령은 보통 사람 이미지로 승부를 걸기 시작했다. 보통 사람이 특별하게 되는 것도 쉬운 일은 아니지만 신군부 출신으로 대통령 후보까지 된 그가 보통 사람으로 보이는 것도 노력이 많이 필요한 일이었다.

일단 겉으로 보이는 이미지부터 완전히 바꿨다. 이미지 전문팀을 따로 구성할 정도로 각별히 신경을 썼다. 특히 주의를 기울였던 것이 양복 차림이었다. 노태우 대통령은 유달리 가슴이 넓고 어깨가 처졌으며 뒤품이 작아 양복을 맞추기에 아주 까다로운 체형이었다. 그런데도 보통 사람의 이미지에 맞춰 평범한 양복을 원했다. 강렬한 색상을 피하고 중후하고 수수한 양복만을 골라 입었다. 또 침착하고 안정적인 회색, 이지적이고 성실한 이미지의 감청색을 주로 맞추었다. 취임식 때도 이전 대통령들은 예복을 입은 반면, 노태우 대통령은 평상시에 입던 양복을 입고 나타났다.

이렇게 튀지 않는 수수한 이미지를 추구했던 노태우 대통령은 자신의 애창곡으로, 국민들에게 널리 인기를 누렸던 〈아침 이슬〉을 꼽기도 했다. 또 외신에 자신이 '뿔난 사람'이라고 보도되자, 외국 기자에게 뿔이 있는지 머리를 만져보라고 하는 등 유머 감각을 강조하기도 했다.

또한 언론 카메라를 많이 의식하여 항상 미소 띤 얼굴이 자주 비춰지게 했다. 미국 대통령과 접견을 할 때에는 두 정상 모두 다리를 꼬고 앉은 모습이 투 샷으로 잡히도록 하여 미국 정상과 대등하게 대화를 나누는 이미지를 부각시켰다.

해외 순방길에 나설 때에는 서류 가방을 직접 들고 비행기를 타는 모습을 통해, '일반 회사원처럼 열심히 일하는 대통령'의 이미지를 강조했다.

한번은 양복 재단사가 세련된 더블브레스트 양복을 만들어주었는

노태우 대통령은 대통령 선거 전략으로 보통 사람 이미지를 앞세웠다.

데 끝내 입지 않았다. 이미지를 고수하기 위해서인지 취향이 평범하게 변해서인지는 알 수 없지만 말이다.

그런데 이러한 노태우 대통령의 보통 사람 이미지가 반갑지 않은 사람들도 있었다. 당시 양복점을 운영하던 이들이었다. 공식석상에서도 노태우 대통령이 예복을 입지 않자, 그 당시 예복을 맞추는 사람이 거의 없었다. 또 세계적으로는 넓은 어깨의 양복이 유행했음에도 노태우 대통령은 양복을 입었을 때 어깨가 유난히 내려가 있어 우리나라에서는 낮은 암홀(어깨와 겨드랑이 밑부위의 둘레)의 양복이 유행했다.

반면 기성복 양복을 만드는 업체에서는 노태우 대통령의 보통 사람 이미지를 반겼다고 한다. 남성들이 양복점의 맞춤 양복보다 기성복 양복을 많이 선호하게 된 것이 노태우 대통령 때부터이기 때문이다.

이처럼 대통령이 추구하는 이미지에 따라 웃고 우는 업체가 생길 정도로, 당시에는 대통령의 이미지가 국민들에게 많은 영향을 미쳤다. 대통령을 바라보는 국민들의 관심과 열기가 그만큼 대단했던 것이다.

5. 말실수를 덮었던 멋쟁이 스타일
- 김영삼 대통령

김영삼 대통령은 경남 거제도의 멸치 어장을 소유한 집안의 외아들로 자라났다. 동네에서 부자로 손꼽히는 집안의 귀한 아들이었다.

귀여움을 많이 받고 자란지라, 개구쟁이 짓을 잘했다. 소금에 절여 말려놓은 멸치들을 마구 주워 먹다가 너무 짜다며 바닷물을 마시기도 하고, 논두렁 물을 마시다가 올챙이배가 되는 등 소문난 장난꾸러기였다.

그래서인지 중학교 때까지만 해도 성적이 신통치 않았다. 하지만 어느 날 김구가 쓴 책 등 위인전을 읽고 깊은 감명을 받아 대통령이 되겠다는 목표가 생겼다.

'꼭 대통령이 되자.' 라는 글씨를 흰 종이에 써서 책상 위에 붙여놓았는데 이를 본 친구가 "네가 어떻게 대통령이 되냐?"며 그 종이를 찢어버렸다. 주변 사람들이 보기에 터무니없는 꿈이었기 때문이다.

하지만 한번 결심하면 끝까지 밀어붙이는 성격이었던 그는 바닷가에서 혼자 웅변을 연습하고, 대학에 진학해서도 전공과 함께 정치 과목을 집중 수강, 대통령의 꿈을 놓지 않았다.

결국 26세라는 최연소 나이로 국회의원이 되었고, 이후 야당 정치인으로 가시밭길을 걸어야 했지만 대통령이 되겠다는 꿈을 포기하지 않았다. 1993년, 그는 드디어 우리나라 제14대 대통령에 취임했다. 50년 만에 자신의 꿈을 이룬 것이었다.

이처럼 목표가 생기면 끝까지 밀어붙이는 치밀한 성격이지만 평소에는 말실수가 많기로 소문이 나 있다. 야당 정치인 시절에는 "닭의 목을 비틀어도 새벽은 온다."라는 명언을 남기기도 했는데 대통령 재임 시절 '우루과이 라운드'를 '우루과이 사태'로, '리쿠르트'를 '요구르트'로 실언을 해 참모진들의 가슴을 덜컥 내려놓은 장본인이기도 하다.

또 외국 순방길에서도 현지 인사들의 이름을 잘못 발음하여 비서진들이 식은땀을 흘리기도 했다. 이러한 말실수는 평소 형식과 논리를 따지지 않고 즉흥적이고 감각 위주로 행동하는 성격 탓이다.

하지만 그런 김영삼 대통령의 실수와 어눌한 말투를 덮는 것이 있었으니 바로 그의 외모와 옷차림이었다. 김영삼 대통령은 머리를 올백으로 단정히 넘기고 항상 세련된 스타일로 대중 앞에 나섰다. 그의 스타일을 보며 의상 담당이 따로 있는 것이 아닐까 추측했지만 모든 코디네이션을 김영삼 대통령 자신이 한다고 했다.

김영삼 대통령은 수백 개의 넥타이를 가지고 있었으며, 아침마다 갈 장소에 맞춰 선택하여 맸다. 넥타이도 매는 방법에 따라 느낌이 확 달라지는데, 김영삼 대통령은 넥타이를 맬 적에 매듭 밑에 보조개처럼 오목한 홈을 만들었다. 유행을 따라가는 것이 아니라 선도했던 대통령이라 할 수 있다.

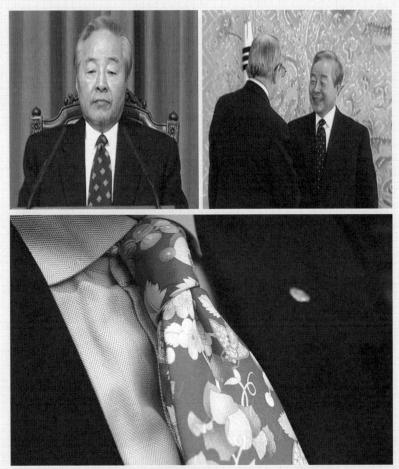

김영삼 대통령은 타고난 패션 감각을 가지고 있었다. 김영삼 대통령은 넥타이를 맬 적에 매듭 밑에 보조개처럼 오목한 홈을 만들었다.

역대 대통령의 구두를 제작했던 e 제화회사의 이기철 이사도 김영삼 대통령은 다른 대통령들과 다르게 스타일을 아주 중요시했다고 한다.

"구두 제작하실 때 무엇보다 세련된 스타일을 원하셨죠."

보통 남성들은 폭이 좁은 구두는 불편해 잘 신지 않는 반면, 김영삼 대통령은 폭이 좁고 가느다란 구두를 신어 스타일을 살리고 싶어 했다. 그래서인지 대통령직에 있을 때도 주변 인물들에게 멋쟁이로 통했다. 그는 언제부터 외모와 스타일을 중시했을까?

김영삼 대통령의 오래된 친구, 문병집 전 중앙대 총장은 김영삼 대통령이 타고난 패션 감각을 가지고 있었다고 전했다.

"고향에서부터 김영삼 대통령은 참 멋쟁이였죠. 얼굴도 귀공자처럼 생긴 데다가 옷도 참 잘 입고 다녀서 좋아하는 여학생이 많았답니다."

타고난 감각이 있었을 뿐 아니라 부잣집 아들로 자라 좋은 옷들을 쉽게 입을 수 있었기에 세련된 패션 스타일을 갖추게 된 것이라 추측된다.

얼마 전 건강이 좋지 않다는 소식을 전한 김영삼 대통령! 하지만 그즈음에도 영상매체를 통해 감색 양복에 빨간색 넥타이를 맨 모습을 볼 수 있었다. 아직도 그의 패션 센스가 건재함을 알 수 있다.

6. 양복 줄여 입는 대통령
- 김대중 대통령

김대중 대통령은 1987년 대선에 나섰다가 낙선했다. 그리고 1992년에 다시 도전해야 했다. 두 번의 선거 유세에서의 외양적인 차이점은 1987년 대선 때는 검정색 두루마기와 한복 차림이었다가, 1992년에는 한복 대신 양복을 입고 선거 유세에 나섰다는 것이다. 그가 즐겨 입던 검정색 두루마기를 옷장에 모셔놓고 양복과 넥타이를 선택한 이유는 무엇일까?

1990년대부터 우리나라에도 텔레비전 토론회가 시작되었다. 그때 이미 김대중 대통령은 고령인지라 그의 건강을 염려하는 유권자가 많았다. 김대중 대통령은 젊고 건강한 이미지를 보여주기 위해 노년층이 즐겨 입는 두루마기 대신 양복을 입게 된 것이다.

그러나 1992년 대선에서도 낙선하고 말았다. 결국 1997년 대선에 다시 도전하게 되었는데, 그때 이미 그의 나이가 일흔을 넘겼다. 상대 진영에서는 그의 나이와 건강에 대해 공격을 하기 시작했다. 보다 젊고 건강한 이미지를 모색해야 했던 김대중 대통령 측은 잉글랜드 양복점 고경호 사장을 찾아갔다.

"김대중 대통령께서는 대선 당시 김한길 국회의원의 소개로 우리 양복점을 찾아오셨는데, 보다 젊은 스타일로 보이게끔 해달라는 특별 주문을 하셨죠."

당시 김대중 대통령은 허리 40인치에 어깨가 좁아 양복을 맞추기가 쉽지 않은 체형이었다. 게다가 본인이 펑퍼짐한 스타일의 옷을 즐겨 입었다. 이런 스타일은 양복을 입어도 나이가 들어 보이기 때문에, 고경호 사장은 이전에 입던 것과는 완전히 다른 허리선이 들어간 양복을 제작했다.

와이셔츠와 넥타이 색도 다채롭게 바꾸기를 권했다. 양복만 젊게 입는다고 젊은 이미지가 만들어지는 게 아니기 때문이다. 대통령이 감청색 양복을 입었다면 와이셔츠와 넥타이는 소라색을 골라주는 등, 포인트 색으로 젊고 감각 있는 이미지를 연출했다.

이렇게 달라진 스타일로 텔레비전 토론회에 나가자, 주변에서 젊어 보인다는 이야기를 많이 해주어 김대중 대통령이 무척 만족해했다고 한다. 그 후 대선까지 승리했으니, 이러한 스타일은 김대중 대통령의 재임 시절까지 쭉 이어졌다.

처음 김대중 대통령의 양복을 제작했던 잉글랜드 양복점은 재임 후에 김대중 대통령의 옷 때문에 바빠졌다고 한다. 김대중 대통령이 양복을 자주 맞추어 입어서가 아니라, 자주 수선해야 했기 때문이다. 당시 김대중 대통령은 대통령 취임과 함께 우리나라 IMF 문제를 해결해야 했다. 여러 가지 정책을 펼치기도 했지만, 우리나라의 수출 증진

한러 정상회담(2001년) 당시의 김대중 대통령과 푸틴 러시아 대통령. 75세에 대통령이 된 김대중 대통령은 젊어 보이도록 양복, 와이셔츠, 넥타이의 색 배합에도 신경을 많이 썼다.

을 위해 외국 순방도 자주 다녀야 했다. 얼마나 신경을 많이 썼는지 김대중 대통령은 살이 계속 빠졌고, 허리 사이즈도 자주 줄여야 했다.

허리 사이즈가 가장 줄었을 때가 IMF로 인한 경제적 타격이 심했을 때라고 하니, 대통령의 신체 사이즈와 옷 사이즈도 나라의 상황과 같이한다고 해도 과언이 아닌 듯하다. 옷 한 벌일지라도 대통령의 물건에는 시대의 고뇌와 아픔이 함께 담기는 것이다.

잉글랜드 양복점에 있는 김대중 대통령의 양복 재단지 모습

대통령의 구두를 만드는 남자

한 제화회사에 40년 동안 몸담고 있는 이기철 씨. 그의 손끝에서 우리나라 역대 대통령 다섯 명의 구두가 탄생했다. 갓 입사했을 때는 박정희 대통령의 구두를 선배들이 제작하는 것을 어깨너머로 지켜보았고, 전두환 대통령 때부터는 본인이 직접 구두를 만들기 시작했다. 처음 대통령의 구두를 담당하게 되었을 때 심혈을 기울여 만들어보려 했지만 시작부터 쉽지만은 않았다.

한 제화회사에 40년 동안 근무하고 있는 이기철 이사

군사정권 시절인지라 대통령의 발을 직접 볼 수 없었던 것이다. 발을 보지 않고는 구두를 제작하기 어렵다고 통사정한 끝에 얻을 수 있었던 것은 대통령이 이전에 신던 구두였다. 그 구두와 비슷한 발 사이즈를 가진 직원을 찾아내어 겨우 구두를 제작할 수 있었다.

최선을 다해 만들었지만 직접 신어보지 않은 구두가 대통령의 발에 잘 맞을까 노심초사했던 이기철 씨. 대통령에게 구두를 가지고 갔던 직원으로부터 잘 맞더라는 이야기를 전해 듣고 나서야 비로소 안심할 수 있었다. 이후 노태우 대통령

의 구두도 제작했는데 이때도 신
던 구두를 가지고 제작할 수밖에
없었다.

　문민정부가 되어서야 비로소
직접 대통령의 발을 재서 구두 제작을 할 수 있었다. 김영삼 대통령은 발이 조금
불편하더라도 스타일이 좋게 나오는 구두를 선호했고, 반면 김대중 대통령은 스
타일은 별로여도 발이 편한 구두를 원했다.

　특히 김대중 대통령의 경우 다리가 불편했기 때문에 편한 구두를 제작하기 위
해 더 신경을 써야 했다. 그래서 나온 아이디어가 딱딱한 중간 밑창을 말랑말랑
한 가죽 주머니로 감싸는 주머니 공법이다. 대통령이 이렇게 특별 제작된 구두를
신고 난 후부터, 주머니 공법 구두를 찾는 이가 더 많아졌다고 한다. 또한 김대중

대통령 재임 시에는 스타일보다 편안함을 추구하는 구두가 더 인기를 끌었다고 한다.

　오랫동안 대통령의 구두를 만들어오며 이기철 씨가 피부로 느끼는 것은 대통령에 대한 국민들의 관심이다. 의상에서부터 구두에까지 대통령에게 세세한 관심을 기울이는 국민들의 눈썰미는 생각보다 더 예리하고 열정적이다.

딱딱한 중간 밑창을 말랑말랑한 가죽 주머니로 감싸는 주머니 공법

7. 인간미의 멋을 보여주다
- 노무현 대통령

"구두는 반질반질한 것도 없고……, 찐쌀 팔러 오신 그런 분 같았죠."

단골 식당의 사장이 노무현 대통령을 두고 얘기했던 첫인상이다. 5 공 청문회 시절, 날카로운 언변으로 세상에 이름이 처음 알려지기 시작했을 때에도 노무현 대통령의 모습은 소박하기 그지없었다. 비교적 긴 머리에 앞가르마를 탄 그의 모습에서는 변호사 출신이라는 이미지나 정치인의 세련된 모습은 찾아볼 수 없었다.

어느 자리에서든 외모에 그다지 연연하지 않았던 노무현 대통령이지만, 대선을 앞두고 이미지에 신경을 써야 했다. 그래서 그도 김대중 대통령의 양복을 제작했던 잉글랜드 양복점에 찾아가게 된다. 그때 같이 갔던 김한길 국회의원의 요청은 딱 한 가지! "세련되게 해달라." 는 주문이었다. 2대째 대통령을 손님으로 맞게 된 고경호 사장에게 노무현 대통령의 첫인상을 물어보았다.

"맨 처음 듣기로는 상당히 날카로우신 분이라고 했었는데 막상 뵈니까 상당히 인간미가 넘치시더라고요."

고경호 사장이 느꼈던 첫인상은 대통령 재임 시절까지 쭉 이어졌다.

"저희들이 들어가면 차라도 한잔 하자고 그러시고, 또 당선자 시절에 그렇게 바쁜 와중에도 여의도 사무실로 가면 현관까지 나오세요. 잘 가라고 배웅을 해줄 정도로 아주 권위의식이 없으시더라고요."

청문회에서 보던 이미지 때문에 날카롭고 딱딱한 분이라고 생각했지만 막상 만나보니 상당히 부드러운 느낌이었다고 한다. 그렇다면 노무현 대통령의 의상에 대한 첫인상은 어떠했을까?

"저희들이 보기에는 조금은 촌스러운 스타일이셨죠. 어른께 이렇게 표현하는 게 죄송하지만 옷차림에는 신경을 전혀 안 쓰는 분이셨어요."

인간미로는 끌렸지만 옷 스타일에 있어서는 좋은 점수를 주지 못했던 노무현 대통령. 그에게 고경호 사장이 권한 스타일은 어떤 것이었을까? 가장 중점을 둔 부분은 중후한 멋이 나도록 하는 것이었다. 다른 후보들에 비해 비교적 나이가 젊었기 때문에 대통령 후보로서 권위가 느껴지는 세련미를 부여하기 위해서였다. 세련되면서도 중후한 멋을 내기 위해 허리선이 들어가도록 양복을 제작했는데, 이런 양복 덕분에 키가 커 보이고 날씬해 보였다. 평소에 펑퍼짐한 양복을 주로 입어 키가 작아 보이고, 세련된 인상을 주지 못했던 노무현 대통령의 단점을 잘 파악한 것이었다.

몸에 잘 맞는 양복으로 보다 도시적인 모습으로 변모한 노무현 대통령은 제16대 대통령에 당선되었고, 그 후 더욱 근사한 양복 차림을 하게 되었다. 대통령이 된 후에는 의상 코디를 돕는 이미지 스타일리스트가 따로 있었기 때문이다.

노무현 대통령의 이미지 스타일리스트였던 강진주 씨는 지난 2007년, 노무현 대통령이 김정일과 남북 정상회담을 위해 평양을 방문했을 때가 특히 기억에 남는다고 한다.

"노무현 대통령께서 워낙 젊으셨기 때문에 좀 더 위엄 있고 카리스마가 있어 보이게 하기 위해 남색이 아닌 진회색, 어두운 회색 정장을 드렸습니다. 그런데 넥타이까지 진하고 어두운 색으로 하게 되면 텔레비전 화면상 침체되어 보이기도 하기 때문에 밝은 하늘색을 드렸고요. 그 색은 당시에 한반도를 상징하기도 했지요."

이렇게 세련된 옷차림으로 변모했지만 퇴임과 동시에 노무현 대통령의 양복 차림은 좀처럼 보기 어려웠다. 고향인 봉화마을로 돌아간 후부터는 커다란 밀짚모자에 헐렁한 셔츠 차림을 즐겨했기 때문이다. 항상 넥타이를 매야 했던 청와대 시절이 그에게 답답했었던 것인지 좀처럼 넥타이를 매지 않았다. 수수한 농민 같은 차림이었지만 노무현 대통령의 얼굴은 훨씬 더 밝았고 생기가 넘쳤다. 세련된 의상보다

자연스러운 멋을 추구했던 노무현 대통령의 모습

는 편안한 옷차림이 그에게 더욱 잘 어울렸던 것이다. 꾸미지 않았던 모습이 더 자연스럽고 근사했던 노무현 대통령의 모습을 이제 더 이상 볼 수 없다.

8. 멋은 이미지다
- 이명박 대통령

　이명박 대통령은 역대 대통령 중에서 옷 스타일로는 가장 세련된 대통령으로 꼽힌다. 다른 대통령들이 군인 제복을 오래 입거나 야당 정치인으로 최루탄 냄새를 맡으며 시위대 행렬에 나서는 삶을 살았다면, 그는 비즈니스맨으로 세계 각계각층의 인사를 만나왔기 때문이다. 한마디로 좋은 양복을 입어볼 기회가 많았을 것이다. 그런 그도 대선에 나갈 때는 각별히 신경을 썼다.

　방송매체에 자주 나오는 연예인들은 물론이요, 대통령까지 모든 공인의 의상은 이미지를 반영하기 위한 또 하나의 전략이다. 어떤 옷을 어떻게 입느냐가 선거 결과에 영향을 주기 때문에 이명박 대통령도 전문 스타일리스트의 도움을 받았다.

　대선 때부터 이명박 대통령의 코디를 담당했던 스타일리스트 강진주 씨. 그녀는 이명박 대통령에게 파란색 넥타이와 목도리를 권했다. 파란색이 경제를 살리는 진취적인 대통령의 이미지를 잘 살려주기 때문이었다. 그런데 강진주 씨가 이명박 대통령에게 피하라고 당부한 무늬가 있었다고 한다. 바로 사선 넥타이였다. 이명박 대통령은 눈이 날카롭기 때문에 사선 넥타이를 할 경우 날카로움이 강조되어 보이기 때문이다. 그래서인지 이명박 대통령은 넥타이뿐 아니라 셔츠도 사선

무늬는 절대 입지 않았다.

이처럼 부드러운 이미지와 파란색의 진취적 이미지를 내세웠던 이명박 대통령은 결국 대통령에 당선되었다.

재임기간 동안에는 넥타이 색을 바꿔가며 자신의 심경이나 정책 의지를 나타내곤 했다. 강력한 정책을 표명할 때는 붉은색으로, 또 측근들의 비리가 연이어 터질 때는 검은색 넥타이를 매며 불편한 심기를 표현했다. 또 백내장 수술 후에는 안경을 착용하기도 했다. 이는 의사의 권유도 있었지만 안경을 쓴 모습이 눈의 날카로움을 완화시킨다는 소리를 들었기 때문이다.

이렇게 소품을 적절히 이용해서 자신의 이미지나 생각을 표현하곤 했는데, 2009년 한국 아세안 특별 정상회의에서는 양복 차림에 앞치마를 둘러 국제적 매너가 부족하다는 혹평을 받기도 했다.

이렇게 작은 옷차림 하나도 논점이 되니 대통령이라는 직분은 어찌 보면 피곤한 자리이다. 하지만 이런 작은 요소를 잘 활용하여 큰 효과를 발휘할 수 있는 영향력 있는 자리이기도 하다.

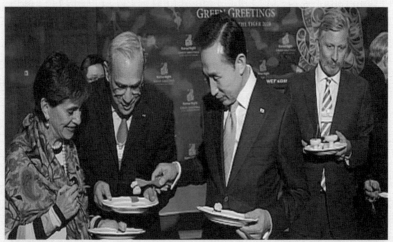

제40회 다보스 포럼 〈한국의 밤 Korea Night〉(2010)(위). G20 정상회담(2010) (아래)

세계 정상들에게 인기 있는 국산 양복

우리나라에는 명품이 인기가 많다. 의류에서부터 생활용품에까지 세계적인 명품들이 들어와 있다. 그러다 보니 대통령쯤 되면 양복도 해외 브랜드를 즐겨 입지 않을까 추측하게 된다. 하지만 우리나라 역대 대통령들은 모두 국산 양복을 입었다. 애국심도 영향을 주었겠지만 국산 양복 자체가 훌륭하기 때문이다. 심지어는 외국 대통령이 우리나라에서 양복을 맞춰간 적도 있다.

2010년 캐나다 토론토에서 G20 정상회담이 열렸다. 이곳에 참석했던 이명박 대통령과 오바마 미국 대통령에게는 한 가지 공통점이 있었는데, 바로 같은 양복점에서 만든 양복을 입었다는 사실이다. 두 대통령의 양복을 만든 곳은 서울 이태원에 위치한 '선 양복점' 이다. 작은 규모의 맞춤 양복점이지만 이곳에는 여기에서 옷을 맞춘 세계 정상의 사진들이 걸려 있다.

선 양복점에서 양복을 만드는 모습

선 양복점에서 양복을 맞춘 뒤 사인을 보내온 레이건 대통령

1980년대 초 우리나라를 방문했던 레이건 전 미국 대통령도 이곳에서 베이지색 양복을 맞춘 후, 고국으로 돌아가 친필 사인을 보내왔다. 지난 2001년 방한했던 푸틴 러시아 대통령 역시 여기에서 만든 양복을 입었다. 노태우, 김영삼, 김대중, 이명박 대통령도 모두 여기에서 양복을 맞춘 경험이 있다.

이렇게 우리나라 대통령뿐 아니라 세계 각국의 정상들이 이곳의 양복을 찾는 이유는 무엇일까? 원단에 그 답이 있다고 선 양복점의 사장인 이생로 씨는 말한다.

"160수의 원단이라 하면 양모 1그램에서 160미터의 실을 뽑아낸다는 의미입니다. 이 숫자가 높을수록 고급 원단이죠. 우리나라는 제일모직에서 210수까지 나옵

선 양복점 사장 이생로 씨

니다. 210수면 최고급 원단으로, 양복을 만들면 가격이 3천만 원 정도입니다. 자동차 한 대 가격이지요."

1980~90년대 초까지만 해도 우리나라 원단 수준은 이탈리아와 비교가 되지 않았다. 하지만 날로 발전을 거듭한 끝에 이제는 이탈리아를 누르고 세계 최고 수준을 자랑한다고 한다. 여기에 장인들의 뛰어난 재단 실력까지 더해져 세계 정상들에게도 우리나라 양복이 인기가 있는 것이다. 국제 기능 올림픽에서도 16년 동안 양복 재단 부문 일등을 차지해오고 있다. 양복 만드는 기술만큼은 대한민국을 따라올 나라가 없다 하니 자랑스러운 일이다.

part 3

대통령의
동반자

'퍼스트레이디' 라는 호칭은 1877년 미국 19대 대통령 러더포드 헤이스의 취임식에서 한 기자가 대통령의 부인에게 사용하면서 시작되었다.

우리나라에서 대통령의 부인을 부르는 호칭은 남의 아내를 높여 부르는 말인 '영부인' 이다.

우리나라에는 모두 10명의 영부인이 있는데, 대통령 옆에서 영광의 순간은 물론이고 힘들고 험난한 가시밭길을 같이 걸어온 인생의 동반자들이다.

대한민국의 영부인 하면 떠오르는 이미지는 한복을 입은 여인의 모습이다. 역대 영부인들은 청와대의 안살림을 도맡아하면서 외교적으로도 퍼스트레이디로서의 역할을 다했다.

내조에 전념한 영부인이 있는가 하면 사회활동과 봉사활동 등 대내외적 활동을 열심히 한 영부인도 있었으며, 있는 듯 없는 듯 언론과 거리를 두고 조용하게 청와대에서의 시간을 보낸 영부인도 있다. 때로는 친인척 비리에 휘말리기도 하고, 남편에게 막대한 영향력을 행사한 영부인도 있었다.

잘 알려지지 않았던 대통령의 로맨스는 물론이고, 청와대의 안자리를 차지했던 영부인들이 걸어온 길, 그리고 영부인의 생활 모습들을 친밀하게 담았다.

1. 이승만 대통령의 국경을 넘어선 사랑
- 프란체스카 여사

　우리나라 최초의 영부인인 프란체스카 여사는 오스트리아인이다. 국제결혼이 흔하지 않았던 1940년대에 파란 눈의 오스트리아인이 대통령의 부인이 되었다는 사실 자체가 이례적이지 않을 수 없다. 프란체스카 여사와 이승만 대통령은 언제, 어디에서, 어떻게 만나 결혼까지 하게 되었을까?

　이승만 대통령은 외국에서 독립운동을 하던 중 스위스의 한 식당에 들렀다. 앉을 자리가 없어 합석을 해야만 했는데, 그때 양해를 구하고 앉았던 자리가 바로 프란체스카 여사와 그녀의 어머니가 함께 식사를 하던 식탁이었다. 프란체스카 여사는 이승만 대통령에게 "동양 어느 나라에서 오신 분이냐?"고 물었고, 이승만 대통령은 "코리아"라고 답했다. 프란체스카 여사는 마침 독서클럽에서 보내주어 읽고 있던 '코리아'에 대한 책을 떠올렸고, 책을 읽으며 인상적이었던 '금강산'과 '양반'이라는 단어를 기억해냈다. 그래서 이승만 대통령에게 "코리아에는 아름다운 금강산이 있고, 양반이 산다지요?" 하고 질문을 던졌다. 당시만 해도 유럽에서 한국을 아는 사람을 만나기가 어려울 때라, 이승만 대통령은 프란체스카 여사의 질문에 무척 놀랐다. 깊은 인상이 남을 수밖에 없었다.

이승만 대통령과 프란체스카 여사

그리고 다음 날, 스위스 신문에 이승만 대통령이 대한민국 독립의 필요성에 대해 말한 기사가 나자, 프란체스카 여사는 전날 만났던 동양인이 한국에서 온 독립운동가임을 알게 되었다. 그녀는 이 기사를 스크랩하여 호텔 데스크에 맡겼다. 이에 대한 답례로 이승만 대통령은 프란체스카 여사에게 차를 대접했고, 두 사람은 깊은 대화를 나누며 서로에 대해 호감을 느끼게 되었다. 호감은 곧 사랑으로 무르익었고, 이승만 대통령은 프란체스카 여사에게 청혼을 하기에 이른다.

이승만 대통령이 프란체스카 여사에게 청혼을 할 때 반지 대신 건 넸던 소중한 물건이 있다는데, 무엇이었을까? 바로 '참빗'이다.

이 빗은 이승만 대통령이 어렸을 때 어머니가 머리를 빗겨주던 빗이라고 한다. 빗살이 어찌나 촘촘한지, 어머니가 빗질을 해줄 때마다 아파서 여러 번 울기도 했다는 이승만 대통령. 이후 어머니가 돌아가시자 추억이 묻어 있는 이 참빗을 무척이나 소중하게 여겼고, 늘 호주머니 속에 넣고 다녔다. 하와이에서 살 때에도 이 빗으로 사탕수수 농장에서 일하는 한국 교민 자녀들의 머리를 빗기며 이와 서캐를 잡아주었다.

흔하고 보잘것없는 낡은 참빗이었지만, 이승만 대통령에게는 어머니와의 추억이 담긴 가장 소중한 물건이었던 것이다. 프란체스카 여사와 사랑에 빠진 후, 이 참빗을 내밀며 이렇게 말했다고 한다.

"내가 가지고 있는 것은 이것뿐인데, 나와 결혼해주겠소?"

프란체스카 여사는 수줍게 "예스."라고 대답했고, 이로써 두 사람의 국경과 나이를 초월한 러브스토리가 결혼까지 이어졌다. 두 사람의 나이 차는 자그마치 스물다섯 살이었다.

이승만 대통령과 프란체스카 여사의 사랑의 증표가 된 참빗은 지금도 이화장 거실에 소중히 놓여 있다. 촘촘한 빗살처럼 빈틈없이 사랑했던 두 사람을 오래도록 추억하고 싶은 자손들의 손길 덕분이다.

2. 윤보선 대통령의 순종적인 아내
- 공덕귀 여사

윤보선 대통령의 재임기간이 짧아서일까? 부인 공덕귀 여사에 대해서는 세상에 알려진 바가 별로 없다. 하지만 역대 영부인들의 의상이 전시되어 있는 서울 종로구 한국현대의상박물관에서 가장 눈에 띄는 것은 공덕귀 여사가 생전에 입던 옷으로, 베이지색 바탕에 갈색 줄무늬가 그려진 리넨 소재의 여름 정장이다. 1960년대에 구김이 잘 가는 까다로운 리넨 소재의 정장을 입었다는 사실만 봐도 상당히 신여성이었음을 짐작할 수 있다. 공덕귀 여사는 어떤 인물이었을까?

그녀는 학창시절 '만 가지 약장수'라는 별명을 갖고 있을 정도로 재능이 많았다. 여성으로서는 키가 컸으며 피아노와 수영에 소질을 보였다. 또 일본 등지에서 신학 공부를 하며 조선 신학부 교수까지 되었던 인물이다. 이후에는 인도 선교사를 꿈꾸며 프린스턴 신학대 유학을 준비하기도 했다.

하지만 주변의 반대로 꿈은 무산되었고, 당시 서울 시장이었던 윤보선 대통령과 결혼을 한다. 윤보선 대통령은 첫 번째 부인과 사별하고 공덕귀 여사와 재혼을 했다.

결혼 초 공덕귀 여사는 "안국동에 귀양살이 하러 왔다."고 말할 정도로 무척 힘들어했다고 한다. 활기차고 자유로운 신여성으로 살다가

윤보선 대통령과 공덕귀 여사

예를 중시하는 가문의 맏며느리 노릇을 하는 게 쉽지 않았을 것이다. 당시로서는 늦은 나이인 38세에 시집을 갔는데 활달하던 걸음걸이를 얌전하게 고쳐야 하는 등, 활동적이었던 그녀에게 결혼 생활은 힘든 점이 많았다.

하지만 39세에 맏아들 상구, 42세에 둘째 아들 동구를 출산하여 시어머니의 사랑을 듬뿍 받았다. 그 후 윤보선 대통령이 당선이 된 후에는 시어머니와 어린 두 아들과 함께 청와대로 들어가 전형적인 주부로서의 삶을 살았다. 일체의 정치 개입뿐 아니라 봉사활동까지 접고 내조에 전념하며 조용한 삶을 살았다고 한다.

그래서인지 영부인 시절 공덕귀 여사의 사진을 보면, 앞서 전시된 신여성의 멋진 의상 대신 소박한 한복을 입고 쪽을 찐 머리를 하고 있다. 전형적인 조선의 여인네 같은 모습으로 대통령을 보필한 것이다. 반면 외국 귀빈이 방문했을 때는 유창한 외국어 실력으로 환담하여 품위 있는 영부인 역할을 해내기도 했다. 영어, 일본어, 프랑스어, 라틴어, 히브리어까지 외국어에 능통했던 공덕귀 여사의 재능이 발휘된 것이다.

하지만 영부인으로서의 시간은 길지 못했다. 윤보선 대통령의 하야와 함께 그녀도 민간인으로 돌아갔기 때문이다. 그런데 이때부터였다. 민주화 운동, 여성 운동, 인권 운동 등에 앞장서면서 공덕귀 여사의 본격적인 사회활동이 시작된 것이다.

1979년 9월, YH무역의 여공이 신민당 당사에서 농성을 하다 경찰에 강제로 연행되었을 때, 그녀는 YH대책위원회의 위원으로 활동하며 경찰에 연행되기도 했다. 남편인 윤보선 대통령이 하야 후 야당 정치권에서 활동한 반면, 그녀는 우리 사회 소외된 이들을 위해 적극적으로 나선 것이다.

결혼을 위해 해외 유학의 꿈을 접었고, 대통령의 부인이 되어서는 사회활동을 접어야 했던 그녀. 하지만 윤보선 대통령이 하야한 후에는 자신이 추구하는 바를 향해 적극적인 걸음을 내디뎠다. 그녀가 대통령의 부인인 공덕귀 여사가 아니라 인권운동가 공덕귀라는 이름으로 더 알려지게 된 이유이다. 이처럼 적극적인 사회운동을 했던 그녀는 1997년, 86세로 생을 마감한다.

3. 박정희 대통령의 그리운 아내
- 육영수 여사

박정희 대통령 하면 함께 떠오르는 얼굴이 있다. 바로 그의 아내, 육영수 여사다. 박정희 대통령이 집권하기 전까지는 대통령 재임 시 영부인의 역할이 크지 않았는데, 육영수 여사는 많은 사회활동을 통해 국민들에게 자주 얼굴을 보이며 친근하게 다가갔다.

박정희 대통령보다 더 큰 키에 올림머리가 인상적이었던 육영수 여사. 그녀는 어떻게 박정희 대통령과 결혼하게 되었을까?

두 사람은 중매를 통해 결혼에 골인했다. 전쟁이 한창이었던 1950년, 부산 영도에서 맞선을 통해 처음 만났다고 한다. 당시 육영수 여사는 배화여고 졸업 후 옥천에서 중학교 교사로 재직 중이었는데, 박정희 대통령과 대구사범학교 동창이었던 외사촌이 자리를 마련했다.

당시 박정희 대통령은 이미 결혼에 한 번 실패했었다. 하지만 육영수 여사는 군화를 벗는 박정희 대통령의 뒷모습에서 듬직함을 느꼈고, 그의 구애를 받아들인다. 육영수 여사의 아버지는 군인에게 딸을 줄 수 없다며 결혼을 반대했지만, 육영수 여사의 마음에는 흔들림이 없었다. 두 사람은 맞선을 본 그해 12월, 성당에서 결혼식을 올렸다.

육영수 여사는 남편에게 언제나 깍듯한 부인이었다. 호칭을 따로 부르지 않고 "저 좀 보세요."라며 존대를 했고, 남편 앞에서 맨발을

박정희 대통령과 육영수 여사

보이기 싫어 집에서도 항상 버선을 신고 있었다.

이렇게 순종적인 부인이었지만, 남편이 대통령이 된 후부터는 청와대에서 야당을 자처했다. 박정희 대통령에게 감히 싫은 소리를 할 수 있는 사람이 없었던 때라 자신이라도 야당 역할을 해야 한다고 생각했던 걸까?

육영수 여사는 공식석상에서 한복을 자주 입었다. 목선이 길고 아름다워 한복이 잘 어울리기도 했지만 영부인으로서 우리 것을 애용하는 모습을 보이고 싶었기 때문이다. 박정희 대통령이 양복 원단을 국산만 고집했던 것처럼, 육영수 여사도 국산 원단의 한복만 입었다. 그 영향인지 육영수 여사가 한복을 즐겨 입은 후부터 우리나라 한복 섬유시장이 큰 폭으로 성장하기도 했다.

또 육영수 여사는 종이 한 장, 노끈 하나 쉽게 버리지 않았다. 아들 박지만 씨가 어린 시절 청와대에서 새 종이를 썼다고 크게 혼을 낼 정도였다. 국민의 세금으로 산 것은 절대 허투루 사용해서는 안 된다는 것이 그녀의 철칙이었다.

사회 봉사활동도 적극적으로 했는데, 나환자촌을 방문하거나 직업학교를 만드는 등 소외된 이들을 위한 일들에도 앞장섰다. 박정희 대통령이 국가재건최고회의 의장 시절, 육영수 여사는 민원처리 담당이었다. 그때 많은 국민들의 아픔을 알게 되었고, 그래서 영부인이 되자 약자들을 위한 일을 많이 하고자 애썼다.

그러나 이처럼 활발한 사회활동을 했던 육영수 여사는 1974년 광복절 기념식 날, 총탄을 맞고 세상을 떠나게 된다. 하루아침에 아내를 비명에 보내고 홀로 남겨진 박정희 대통령은 많이 힘들어했다고 전해진다. 당시 그의 일기장에는 육영수 여사에 대한 그리움이 곳곳에 배어 있다.

"청와대 현관에 도착하니 아내가 마중 나와서 맞아줄 것만 같다. 이층에서 누가 내려오는 것만 같다."

-1975년 8월 11일 박정희 대통령의 일기 중에서

육영수 여사가 죽은 뒤, 슬픔과 스트레스로 힘든 나날을 보냈던 박정희 대통령은 자주 폭음을 했고, 어깨가 많이 처졌다. 한 시대를 주름잡은 대통령이었지만 아내를 잃고 후회와 그리움의 눈물을 흘리는 한 사람의 남편이기도 했던 것이다.

4. 최규하 대통령의 찰떡궁합 동반자
– 홍기 여사

 최규하 대통령은 오랜 공직 생활 내내 청렴결백한 삶의 방식이 몸에 배어 있었다. 그가 이러한 삶을 살 수 있었던 데는 부인 홍기 여사의 공이 컸다. 홍기 여사는 최규하 대통령이 장관이었을 때나 국무총리 시절에도 집에 일하는 사람을 따로 두지 않았다. 화덕에서 최규하 대통령의 내의를 삶는 것이 그녀의 일상이었다. 가루비누도 헤프다고 쓰지 않고 재래식 비누만을 고집했다. 또 매일 저녁 웅크리고 앉아 무언가를 적고 있었는데, 어느 날 비서관이었던 권영민 씨가 궁금해서 노트를 들춰보니, 그것은 다름 아닌 가계부였다.

 "평범한 학생 노트인데 파, 콩나물 몇 그램 샀다고 깨알마냥 써놓으셨어요. 나중에 겉장을 보니 '국무총리 부인 홍기'라고 쓰여 있었어요. 깜짝 놀라서 이게 뭐냐고 물으니 '아이고 또 들켰네.' 하셨지요."

 공적 활동이 많은 총리 부인이 가계부를 직접 쓴다는 것도 놀라운데, 대충 쓴 것이 아니라 콩나물 몇 그램까지 일일이 꼼꼼하게 적어놓았다고 한다. 청렴결백한 공무원 남편에게 딱 맞는 내조의 여왕이라고 할 수 있겠다. 과연 최규하 대통령과 홍기 여사의 인연은 어떻게 시작되었을까?

최규하 대통령의 할아버지는 성균관 출신의 한학자였고 홍기 여사의 할아버지 또한 한학자였다. 두 사람은 오랜 친분이 있었고, 두 사람의 손자 손녀인 최규하 대통령과 홍기 여사를 맺어준 것이다.

유교적인 분위기에서 자란 최규하 대통령과 홍기 여사는 얼굴도 보지 않은 채 결혼식을 감행하게 되었다. 이때 최규하 대통령은 경성 제일 고등보통학교(현 경기고등학교) 4학년에 재학 중이었고, 홍기 여사는 최규하 대통령보다 두 살 연상이었다.

최규하 대통령이 당시 최고인 경성 제일 고등보통학교에 다녔던 반면, 홍기 여사는 정규 교육기관에서 공부한 적이 없었다. 하지만 어릴 적부터 집에서 한학을 배워 상당한 교육 수준을 갖고 있었다고 한다.

최규하 대통령은 결혼식을 올린 후 얼마 되지 않아 일본으로 유학을 떠났고, 홍기 여사는 집에서 시부모님을 모시고 살았다. 갓 시집온 새색시였지만 일 년에 제사를 여섯 차례나 지내야 하는 맏며느리 역할을 군소리 한 번 하지 않고 해냈다고 한다.

이런 아내가 고마웠는지 최규하 대통령은 홍기 여사에게 늘 다정했고, 언제나 홍기 여사가 해준 반찬을 최고로 여겼다. 말라빠진 꽁치, 신 김치라도 홍기 여사가 손수 마련한 것이라면 군소리 없이 먹었다.

공직자로서 검소하게 살던 이들 부부는 박정희 대통령 시해사건으로 인해 일순간에 대통령과 영부인이 되었는데, 청와대 안에서도 홍기 여사는 평범한 할머니 같은 삶을 고집했다. 앞에 나서거나 목소리를 높이는 일이 없었고, 경호도 사양했다.

전과 달라진 것이 있다면 키가 큰 최규하 대통령과 맞추기 위해 공식석상에서 높은 구두를 신었다는 것이다. 간혹 짧은 한복 치마에 높은 구두를 신은 사진이 신문에 실려도 부정적으로 보이지 않았다. 워낙 수더분한 영부인이라는 인상이 강했던 것이다.

이렇게 청와대에서 조용한 삶을 살았던 홍기 여사지만 이후 전두환 대통령의 취임식 때, 안내 책자를 뿌리치는 당찬 모습이 카메라에 잡히기도 했다. 군부 세력은 대통령으로 인정하지 않겠다는 의사 표현이었던 것이다.

최규하 대통령의 하야 후, 홍기 여사는 서교동 자택으로 돌아와 예전과 다름없이 재래시장을 다니며 살림꾼의 삶을 이어갔다. 하지만 집 앞에서 최규하 대통령의 국회 증언을 요구하는 시위가 일어나자 충격을 받기도 했으며 그러던 중 알츠하이머병에 걸렸다. 그러자 최규하 대통령은 홍기 여사의 밥을 일일이 먹여주며, 극진히 병 수발을 했다. 평생 자신을 보필한 아내에게 보답이라도 하듯, 6년 동안 정성껏 간호를 한 것이다.

2004년, 홍기 여사는 86세의 나이로 세상을 떠났다. 남편이 말단 공무원에 있을 때나 대통령의 자리에 올랐을 때나 조선시대 아녀자처럼 언제나 남편과 살림을 보살폈던 홍기 여사! 마지막 순간에는 남편의 극진한 보살핌을 받으며 떠날 수 있어 그녀의 고단했던 손과 발에 조금이나마 위로가 되지 않았나 싶다.

최규하 대통령과 홍기 여사

5. 전두환 대통령의 소문 많았던 부인
- 이순자 여사

전두환 대통령의 부인 이순자 여사는 영부인 시절, 전두환 대통령보다 더 많은 소문을 낳았다. 젊은 시절 빨간 바지를 즐겨 입었다는 그녀는 정열적인 성격으로 널리 알려져 있다.

이순자 여사가 전두환 대통령을 처음 만난 것은 중학교 때이다. 이순자 여사의 아버지는 군인이었고, 당시 전두환 대통령은 아버지의 부하였다. 전두환 대통령은 심부름 때문에 그녀가 살던 관사를 자주 드나들었다. 그때부터 이순자 여사는 전두환 대통령을 '아저씨'라고 부르며 잘 따랐다고 한다.

한참 사춘기였던 이순자 여사에게 젊고 친절한 아저씨인 전두환 대통령은 듬직하고 믿음직스럽게 보였던 모양이다. 전두환 대통령의 예전 모습을 알던 사람들은 그가 인기가 많고 유머 감각이 풍부했다고 하니 어린 중학생이었던 이순자 여사가 좋아했을 만하다.

두 사람의 관계는 이순자 여사가 경기여고를 다니던 시절에 급진전했다. 급기야는 연애편지를 주고받다가 들켜 교장 선생님에게 혼나는 일도 있었다.

이순자 여사는 학창시절 '필리핀 공주'라는 별명이 있을 정도로 까무잡잡한 피부에 또렷한 이목구비를 가진 눈에 띄는 학생이었다. 그녀는 첫사랑인 전두환 대통령에게 일편단심이었고 마음이 흔들린 적이 없었다고 한다.

경기여고를 졸업하고, 이화여대 의예과에 진학했지만 이순자 여사는 학업을 그만두고 전두환 대통령과 결혼식을 올린다. 힘든 공부를 이어가는 것보다 가정을 꾸리고 싶었던 것이다.

비교적 어린 나이에 결혼했지만 그녀는 남편의 내조를 곧잘 했다. 군인이었던 전두환 대통령의 경제적 형편이 좋지 않자 미용 기술을 배워 미용실을 운영했고, 편물 기술을 익혀 생활전선에 적극적으로 뛰어들었다. 본인은 고생 한 번 하지 않고 자랐지만, 새롭게 일군 가정을 위해서라면 힘든 일도 서슴지 않았다.

남편과의 사이도 좋았다. 그녀는 방에 항상 한복과 양장을 걸어놓고 있었는데, 이는 남편이 볼일이 생겨 나가게 되면 자신도 금세 따라가기 위해서였다고 한다. 남편이 가는 곳이라면 어디든지 따라갈 정도로 전두환 대통령을 지지했던 이순자 여사. 그녀가 영부인이 된 것은 41세라는 젊은 나이였다.

그녀는 이전의 영부인들보다 훨씬 젊고 활발한 성격을 가졌기에 가는 곳마다 화제와 소문을 만들어냈다. 특히 금박으로 장식된 화려한 한복을 입어 구설수에 자주 올랐다. 다른 영부인들이 아무런 무늬 없는 점잖은 색의 한복을 입었던 것과 비교가 되었기 때문이다. 이순자 여사의 한복을 담당했던 이리자 한복 디자이너는 이순자 여사의 한복이 특히 화려하게 보인 데는 이유가 있다고 한다.

"전두환 대통령 때 우리나라에 처음으로 컬러텔레비전이 보급되었죠. 그 전까지는 한복 입은 영부인들의 모습을 흑백으로만 보다가 갑자기 컬러로 보게 되니까 더 화려하게 보였던 거죠."

또 이순자 여사가 화려한 한복을 입어 구설수에 올랐다 하더라도 그녀가 있었기에 한복의 범위가 넓어진 면이 있다고 한다. 공식적인 모임에서 한복을 입어도 손색이 없다는 인식이 보편화되었던 것이다.

이순자 여사는 한복 외에 헤어스타일에도 신경을 많이 썼다. 그녀의 헤어스타일을 담당했던 박지영 원장을 찾아가 어떻게 이순자 여사의 머리를 담당하게 되었는지 물어보았다.

"단골손님이 하루는 친구를 데리고 왔어요. 그분이 올림머리를 해달라고 해서 해주었는데 며칠 후 청와대에서 연락을 받았죠. 아무한테도 이야기하지 말고 조용히 청와대로 들어오라고요."

처음 청와대에서 오라는 연락을 받고는 어리둥절했다고 한다. 청와대에 아는 사람이 전혀 없었기 때문이다. 알고 보니 단골손님과 같이 왔던 사람이 바로 이순자 여사의 동서였다. 이순자 여사의 부탁을 받고 조용히 머리를 담당할 사람을 수소문하던 중에 박지영 원장의 소문을 듣고 미용실에 찾아온 것이었다.

당시 두 명의 미용사가 물망에 올랐다는데, 최종적으로 이순자 여

전두환 대통령과 이순자 여사

사가 박지영 원장을 선택했다고 한다. 그렇게 해서 박지영 원장은 얼떨결에 이순자 여사의 미용사가 되었다. 이순자 여사를 실제로 보자 사진보다 작은 얼굴에 큼직큼직한 이목구비여서, 그런 얼굴이 더 돋보일 수 있도록 세련된 스타일로 정성껏 머리를 만졌다.

"당시에는 바람머리가 유행이었죠. 그래서 제가 최신식으로 이순자 여사한테 바람머리를 해드렸어요. 그리고 지방에 있는 행사에 같이 갔는데 제가 머리를 잘못 해드렸다는 것을 깨달았어요."

이순자 여사가 덩치가 큰 남자들에게 환대를 받는데, 남자들에 비해 너무 작고 어리게 보였던 것이다. 영부인에게는 세련되고 스타일이 좋은 것보다 영부인으로서의 품위를 살리는 헤어스타일이 더 필요하다는 것을 그때 깨달았다. 그 뒤로는 이마의 윗머리 부분을 크게 부풀린 볼륨 있는 헤어스타일을 했고, 영부인으로서의 느낌이 잘 살아 이순자 여사도 만족해했다.

박지영 원장은 이순자 여사의 머리 손질을 하면서 그녀와 많은 대화를 나누었다고 한다. 이순자 여사는 언제나 많은 소문을 몰고 다녔는데 그러한 소문들에 크게 신경을 쓰지는 않았다. 오히려 박지영 원장의 개인적인 일에 마음을 써줄 때가 많았다. 박지영 원장이 자신의 머리를 손질하느라 아이들을 돌볼 틈이 없을까 봐 걱정했고, 아이들이 좋아하는 반찬 만드는 방법을 가르쳐주기도 했다.

한때 이순자 여사도 미용실을 운영한 경험이 있었기 때문에 박지영 원장의 고충을 잘 알고 마음을 써준 듯하다. 한번은 실수로 이순자 여사의 머리를 싹둑 자른 적이 있었는데, 이순자 여사가 못 본 척해주었다고 한다.

전두환 대통령이 대통령직에서 물러났을 때, 박지영 원장은 계속 이순자 여사의 머리 손질을 하겠다고 했지만 이순자 여사는 극구 사양했다. 가까이에서 보았던 사람으로서 좋은 이야기만 할 수밖에 없는지도 모르지만, 박지영 원장은 이순자 여사에 대한 좋은 기억을 많이 가지고 있었다.

이순자 여사가 역대 대통령의 부인들 중 국민들의 입에 가장 많이 오르내렸다는 사실은 부인할 수 없지만 주변 사람들의 이야기를 통해 소박하고 인간적인 측면도 발견할 수 있었다.

6. 노태우 대통령의 조용한 내조자
- 김옥숙 여사

노태우 대통령은 육사 시절 노래와 운동을 잘하고 키도 큰 편이어서 여학생들에게 흠모의 대상이었다. 그 여학생들 중 하나가 바로 육사 동기, 김복동의 여동생 김옥숙 여사였다. 경북 청송에서 태어나 대구에서 자란 그녀는 경북 여중·고를 다녔던 재원이자 소문난 미녀였다. 미용실에서 미스코리아 출전을 권유할 정도였다.

그녀는 오빠를 만나러 가끔 놀러오는 노태우 대통령을 눈여겨보았고, 노태우 대통령 역시 미인인 친구 동생에게 관심이 갔었나 보다. 두 사람은 누가 먼저라고 할 것도 없이 연애에 빠졌다.

연애 시절 김옥숙 여사는 노태우 대통령을 곧잘 영국 신사로 불렀다. 말이 없고 신중하며 여자를 정중하게 대하는 태도가 영국 신사 같다며 이런 별명을 붙여준 것이다.

김옥숙 여사는 가족들이 노태우 대통령의 집안 형편이 어렵다며 반대를 했는데도 불구하고 결혼을 결심했다. 김옥숙 여사는 경북대 가정학과를 중퇴하고 결혼식을 올린 후 1남 1녀를 낳고 단란한 가정을 꾸렸다.

노태우 대통령은 소문난 애처가로 군인 시절 파티나 여러 행사 때 항상 부부 동반으로 나타나 주위의 부러움을 샀다.

사진=연합뉴스

노태우 대통령과 김옥숙 여사

전역 후 대통령 특사가 되어 외국 순방에 나설 때에도 김옥숙 여사와 늘 같이했다. 이렇게 늘 함께하던 모습이 사라진 것은 노태우 대통령이 민정당 대통령 후보가 되었을 때였다. 당시의 영부인이었던 이순자 여사의 적극적인 활동이 국민들에게 부정적으로 비춰진 것을 의식해서가 아니었나 싶다.

김옥숙 여사는 노태우 대통령이 대통령 후보였을 때부터 언론에 잘 나타나지 않았고, 영부인이 된 후에도 공식행사를 언론에 노출시키지 않도록 주의를 기울이며 말을 아꼈다. 그래서인지 유일하게 어록이 없는 영부인이기도 하다.

김옥숙 여사는 옷차림에서도 이순자 여사와 차별성을 두었다. 이순자 여사가 화려한 꽃이나 금박 장식을 한 한복을 즐겨 입었던 반면, 김옥숙 여사는 어떤 장식도 없이 자연스러운 색의 조화만 살린 한복만을 입었다. 보통 사람임을 내세웠던 남편의 이미지에 맞게 현모양처 이미지로 대중에게 다가선 것이다. 하지만 그녀의 사촌동생 박철언과 친정 오빠 김복동, 동생의 남편 금진호 등, 친인척들이 정계에 진출하여 장관 자리까지 오름으로써 이순자 여사보다 더 큰 힘을 발휘하고 있다는 소문이 돌기도 했다.

얌전한 성격으로 알려져 있지만 남편이 대통령으로 당선된 후에는 전두환 대통령의 부인인 이순자 여사에게 할 말을 다해 속을 긁기도 했다. 직선제를 통해 남편이 대통령으로 당선되자, 이순자 여사에게 "당이 얼마나 인기가 없는지, 고생 많이 했어요. 우리 남편은 체육관에서 당선된 사람하고는 달라요."라고 말해 이순자 여사가 상당히 격분했었다는 이야기가 전해진다.

이외에는 김옥숙 여사에 대해 전해지는 이야기가 별로 없다. 노태우 대통령의 퇴임 후 많은 사건이 있었음에도 그녀는 계속 침묵하고 있다. 끝까지 가장 조용한 영부인으로 남고 싶은 그녀의 바람일지도 모르겠다.

영부인들은 어떤 옷을 입었을까?

대통령 못지않게 영부인은 국민들의 관심의 대상이 된다. 영부인의 활동은 물론 옷, 헤어스타일 등도 많은 주목을 받는다. 최고 권력자의 부인들은 어떤 옷을 입었는지 궁금증을 자아내기 때문이다. 역대 영부인들이 입었던 옷이 한자리에 모여 있는 서울의 한 의상박물관을 찾아가면 그 궁금증을 어느 정도 해소할 수 있다.

먼저 이승만 대통령의 부인 프란체스카 여사가 자그마치 36년 동안 입었다는 단정해 보이는 회색 정장이 전시되어 있다. 옷이 쉽게 닳지 않도록 곳곳에 무궁화 안감이 덧대어져 있다.

한국현대의상박물관에 있는 역대 영부인들의 의상이다. 프란체스카, 공덕귀, 육영수, 이순자, 이희호, 권양숙 여사의 옷이다.

박정희 대통령의 부인 육영수 여사는 키가 크고 목선이 아름다워 한복이 잘 어울렸다. 실제로 국민들 앞에서는 양장 입은 모습을 많이 보여주지 않았는데, 이 전시관에는 그녀가 입었던 커다란 물방울무늬 원피스가 전시되어 있다. 당시 37세였던 그녀의 젊은 나이와 사회활동에 적극적이었던 활발한 이미지가 잘 나타난다. 그녀가 유독 한복을 많이 입은 이유는 비교적 젊은 나이에 영부인이 되어 근엄한 이미지를 보여주기 위함이 아니었을까.

전두환 대통령의 부인 이순자 여사는 다른 영부인들과는 차별되게 당시의 유행을 많이 따르고 있다. 체크무늬의 유니섹스룩을 보면, 대통령의 부인이지만 점잖은 이미지만을 추구하지 않고 유행에 민감한 스타일도 입었던 그녀의 자유분방한 성격

육영수 여사가 입었던 물방울무늬 원피스

이 느껴진다.

  대체로 우리나라 영부인들은 양장에도 신경을 많이 썼지만 해외 순방에 나설 때에는 한복을 돋보이게 하는 데 많은 정성을 기울였다. 외국에서 많은 카메라 세례를 받기도 하거니와 한복은 우리나라를 대표하는 문화 아이템이기 때문이다.

공덕귀 여사가 입었던 베이지색 바탕에 갈색 줄무늬가 그려진 리넨 소재의 여름 정장

  이순자 여사는 화려한 꽃이나 금박 장식이 있는 당의를 자주 입어 우리나라 한복의 예복시대를 열었고, 노태우 대통령의 부인인 김옥숙 여사는 이와 달리 자연스러운 색의 조화로 한복의 멋을 살렸다.

  역대 영부인의 한복 차림도 세월의 흐름에 따라 색상과 디자인에 많은 변화가 있었다.

  이희호 여사와 권양숙 여사의 한복을 담당했던 디자이너 김예진 씨는 이희호 여사 때는 한복에 직접 그림을 그리거나, 장식을 바느질하여 붙이는 등, 새로운 시도의 디자인을 많이 했다. 좀 더 밝고 화사한 이미지를 만들어 당시 IMF 사태를 겪고 있던 우리 국민들에게 희망을 안겨주기 위해서였다.

이명박 대통령의 부인 김윤옥 여사는 한복 알리기에 앞장서며 한복 패션쇼도 자주 열었다. 영부인이 되기 전부터 그녀의 한복을 담당했던 김영석 디자이너에 의하면 기존 한복에서 잘 사용하지 않았던 색상과 기법을 과감히 사용한다고 한다.

하와이에서 열린 아세안 특별 정상회의에서 수묵화 같은 느낌을 주었던 김윤옥 여사의 한복은 미쉘 오바마의 빨간색 의상과 대조를 이루며 우리 한복의 은은한 아름다움을 전 세계에 알렸다.

7. 김영삼 대통령의 반쪽
- 손명순 여사

김영삼 대통령이 총각이었을 때의 일이다. 어느 날 집으로부터 '할 아버지 위독, 당장 집으로 올 것!' 이라는 전보가 왔다. 김영삼 대통령은 전보를 받자마자 집으로 달려갔는데, 도착해보니 할아버지는 멀쩡하고 여러 선 자리가 그를 기다리고 있었다. 당시에 전쟁이 일어나자 아들의 결혼을 서두르는 집안이 많았는데, 김영삼 대통령의 부모 또한 외동아들인 김영삼 대통령이 하루 속히 결혼하기를 원했다. 그래서 거짓 전보까지 치며 아들을 불러 선을 보게 한 것이었다.

김영삼 대통령은 두 명의 여자와 선을 보았지만 마음에 차지 않았다. '밑져야 본전이다' 는 마음으로 세 번째 선 자리에 나갔는데 그 여인은 왠지 마음에 들었다. 독서광이었던 김영삼 대통령이 이광수의 『사랑』을 읽어봤느냐고 묻자 수줍은 얼굴로 고개를 끄덕였던 것이다. 그녀가 바로 손명순 여사였다. 이화여대 약학과에 재학 중이던 그녀역시 부모의 성화에 못 이겨 선 자리에 나왔는데, 김영삼 대통령의 웃는 얼굴에 호감을 가지게 되었다고 한다. 두 사람은 결국 결혼식을 올리게 된다.

손명순 여사의 아버지는 당시 자수성가하여 군수회사를 운영하고 있었다. 자라면서 별다른 고생을 하지 않고 살아온 손명순 여사였지

김영삼 대통령과 손명순 여사

만 혼사를 치르고 나서는 시댁에서 물동이 이는 법, 멸치 건조법 등 거친 일들을 배워야 했다. 뿐만 아니라 결혼과 임신 사실을 숨기면서 학교를 다니느라 마음고생, 몸 고생이 이만저만이 아니었다. 당시 손명순 여사가 재학 중이던 이화여대는 결혼을 하면 학교를 그만두어야 했기 때문이다.

남편이 본격적으로 정치활동에 뛰어들면서는 그녀의 친정아버지까지 사업에 탄압을 받아 회사를 다른 사람에게 넘겨주는 아픔을 겪기도 했다.

그럼에도 불구하고 손명순 여사는 항상 남편을 존중하고 높였으며, 영부인이 된 뒤에도 앞에 나서지 않는 고전적인 모습을 보였다. 옷차림도 이러한 이미지에 걸맞게 한복 차림일 때가 많았다. 손명순 여사는 체구가 작은 편이라 키가 커 보이고 위엄 있어 보이는 한복을 자주 입었다. 한복은 원색에 자수가 놓여 있는 것을 좋아했는데, 엘리제궁에 갔을 때는 오렌지색에 얌전한 자수가 놓인 한복을 입어 현지에서 많은 찬사를 받기도 했다.

이후 IMF 사태로 나라 전체의 경기가 침체되자 차분한 색의 한복을 많이 입었다. 양장 차림으로는 차이니스칼라 스타일의 짧은 재킷에 긴 플레어스커트를 입어 차분해진 사회 분위기에 맞추기도 했다.

손명순 여사는 남편이 청와대에서 조깅을 하는 시간에 신문을 많이 본 것으로 알려져 있다. 신문들을 보며 스크랩을 하는 것이 그녀의 일과였다. 한번은 어느 시골에서 야생화를 옮겨 심을 곳이 없다는 신문에 실린 작은 기사를 읽고 심을 곳을 알선해주는 등, 사회의 작은 일들에 관심을 갖기도 했다. 이렇게 남편의 뒤에 서서 소리 없이 소박한 내조를 하는 것이 그녀의 스타일이었다.

김영삼 대통령은 이런 손명순 여사에게 결혼 60주년 기념식에서 "맹순아, 참 고맙소. 내 이 말밖에는 할 말이 없데이."라는 말로 고마움을 표했다. 그림자 내조로 조용히 자신의 곁을 지켜준 아내에게 보내는 감사였다.

8. 김대중 대통령의 영원한 동반자
- 이희호 여사

"내가 바가지를 안 긁어 남편에게 도움이 되었다."

대한민국에서 이렇게 자신 있게 말할 수 있는 부인이 몇이나 있을까? 하지만 이 말의 주인공이 김대중 대통령의 부인이라면 고개를 끄덕이는 이가 많을 것이다. 그녀는 야당 정치인으로 험난한 길을 걸었던 김대중 대통령을 평생 지지하고 힘이 되어주었던 동반자이기 때문이다.

이희호 여사는 김대중 대통령보다 두 살 연상이다. 1951년 부산, 대한여자청년단 회식 자리에서 두 사람은 처음으로 만나게 되었다. 이 모임의 사람들끼리 몇 차례 다시 만나게 되었는데, 이승만 대통령의 개헌 소동이나 정치 문제를 두고 함께 분개하며 두 사람은 마음이 통하는 것을 느꼈다.

이후 이희호 여사는 미국으로 유학을 떠났다가 6년 만에 한국으로 돌아왔다. 그때 종로에서 우연히 김대중 대통령을 만나게 되었다. 첫 부인과 사별했던 김대중 대통령은 이희호 여사에게 이성적인 호감을 표시하며 청혼하기에 이른다. 가진 것은 없고, 민주주의에 대한 꿈만 있다는 김대중 대통령의 청혼을 그녀는 수락했고, 두 사람은 각각

38세, 40세라는 나이에 결혼식을 올린다.

김대중 대통령이 민주주의에 꿈이 있었던 것처럼, 이희호 여사는 남녀평등 실현에 꿈이 있어 사회활동도 많이 했다. 김대중 대통령이 감옥에 있을 때는 그 누구보다 지극정성으로 옥바라지를 했다. 당시 이희호 여사가 김대중 대통령에게 보냈던 편지가 책으로 출판될 정도로 그녀는 어려운 상황에 처한 김대중 대통령에게 큰 용기를 주었다.

김대중 대통령이 당선된 뒤에는 적극적인 사회활동을 했다. 다른 영부인들이 결혼 후 살림만 했던 것에 비해 이희호 여사는 여성 운동을 한 경험이 많았기 때문이다.

그에 맞춰 의상도 활동적인 정장을 많이 입었다. 스탠드칼라에 일자형 치마를 입고 공식석상에 자주 나타났다.

반면 한복을 입을 때는 개량 한복을 많이 입었다. 여기에는 사연이 있는데, 한번은 청와대에서 한복을 입고 가다가 긴 치맛자락에 걸려 넘어진 경험이 있었기 때문이다. 다만 한복의 색은 밝은 것을 고수했다. 한복 디자이너 김예진 씨의 조언이 있었기 때문이다.

"당시 나라가 IMF 사태를 맞고 있었잖아요. 나라 전체 경기를 살리기 위해서는 영부인께서 밝은 색의 옷을 많이 입어야 한다고 말씀 드렸더니 이 말씀을 따르셨어요."

다행히도 김대중 대통령 재임 당시, IMF 사태가 조기 졸업하는 기

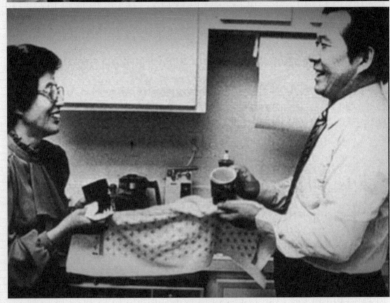

김대중 대통령과 이희호 여사

뻠을 맛보았다. 남편의 오랜 염원이었던 남북 정상회담도 성공리에 마쳤다.

그러나 청와대에서의 위기도 있었다. 김대중 대통령의 아들들이 차례로 구속되었던 것이다. 이때 김대중 대통령은 무척 상심했는데, 의사들이 투석을 권유할 정도로 건강이 몹시 악화되었다고 한다.

김대중 대통령 퇴임 후, 이희호 여사는 김대중 대통령의 병 수발에 심혈을 기울였다. 두 사람은 그런 와중에서도 사이가 무척 돈독했다고 김대중 대통령의 후배 정치인 권노갑 씨는 전했다.

"김대중 대통령이 돌아가시기 얼마 전까지 두 분은 저녁이면 손을 맞잡고 노래를 부르셨죠. 그 모습이 얼마나 보기 좋았는지 몰라요."

이희호 여사와 말년까지 다정한 모습을 보였던 김대중 대통령은 2009년 폐렴으로 세상을 떠났다. 이후에도 이희호 여사는 여러 활동을 하며 남편의 뜻을 계속 받들고 있다. 불편한 다리로 걷는 걸음처럼 고단한 정치 여정을 걸었던 김대중 대통령. 남편에게 한 번도 잔소리하지 않고 지지해준 아내 이희호 여사가 있었기에 끝까지 그 길을 걸어갈 수 있었던 것이 아닐까?

9. 노무현 대통령의 멋을 아는 아내
- 권양숙 여사

"대통령이 되고자 아내를 버리란 말입니까?"

노무현 대통령이 대선 후보일 당시, 부인 권양숙 여사의 부친이 좌익전력이 있다는 사실로 공격을 받자 했던 말이다. 장인의 경력이 어떤 문제가 되어도 부인 권양숙 여사를 버릴 수 없다는 이 단호한 한마디는 권양숙 여사가 정치인의 아내로서 겪어온 모든 고난을 보상해주는 말이었다고 한다.

노무현 대통령과 권양숙 여사는 변호사와 변호사 부인으로서의 안정된 삶 대신, 정치인과 정치인의 아내를 선택했다. 두 사람은 어떻게 부부의 연을 맺게 되었을까?

1970년대 초, 고향에서 고시 공부를 하던 노무현 대통령은 한 동네에서 자란 권양숙 여사와 연애를 하기 시작했다. 책을 좋아한다는 공통점이 있던 두 사람은 서로에게 책을 빌려주다가 사랑의 감정이 싹텄다. 함께 둑길을 거닐며 도스토예프스키에 대해 이야기를 하는 등 고향에서 사랑을 키워갔다.

두 사람은 곧 결혼을 결심하지만 양가의 반대가 심했다. 노무현 대통령의 집안에서는 권양숙 여사의 부친이 좌익세력이었다는 점을 들어 반대했고, 권양숙 여사의 집안은 노무현 대통령이 직업이 없는 고시생이라는 것 때문에 반대했다. 하지만 두 사람은 반대를 무릅쓰고 결혼을 감행했다.

결혼 후 권양숙 여사는 노무현 대통령의 고시 뒷바라지에 매진했고, 이에 답례를 하듯 노무현 대통령은 고시에 합격한다. 그러나 이후 인권 변호사에 이어 정치인으로서의 길을 걷게 된 노무현 대통령. 권양숙 여사는 야당 정치인의 아내로 경제적인 어려움을 겪은 것은 물론 마음고생도 심했다. 그 고생을 보답이라도 하듯, 노무현 대통령은 여러 번의 역전 드라마 같은 정치 인생길을 걸으며 대통령에 당선되었다.

대통령으로서 권위주의를 없애고 털털한 모습을 보였던 노무현 대통령과 달리 권양숙 여사는 겉으로 보이는 이미지에도 신경을 많이 썼다. 우리나라를 대표하는 대통령의 부인이라는 자리에 걸맞게 품위 있는 모습을 보이기 위해서였다.

특히 옷차림에 신경을 많이 썼는데 평양 방문 패션은 화제가 되기도 했다. 화려한 스카프를 두르고 세련된 바지 정장을 입는 등 방문기간 내내 때와 장소에 맞는 감각 있는 스타일을 보여주었다. 특히 그녀가 입은 진달래 빛 정장은 붉은 꽃을 들고 환영 인사를 나온 평양 시민들과 조화를 이루며 깊은 인상을 남겼다.

권양숙 여사는 의상뿐 아니라 헤어스타일에도 신경을 많이 썼다. 청와대에서 그녀의 헤어스타일은 유명 연예인의 헤어스타일을 담당

노무현 대통령과 권양숙 여사

하는 이희 원장이 맡았다. 어떻게 권양숙 여사의 헤어스타일을 담당하게 되었을까?

"일하고 있는데 휴대폰으로 전화가 왔어요. 그런데 발신자 번호가 없는 거예요. 그래서 갸우뚱하며 전화를 받았는데 청와대라고, 저희 여사님께서 머리를 하고 싶어 하시는데 혹시 가능하겠느냐고 그렇게 묻더라고요. 순간 너무 놀랐지만 국민의 한 사람으로서, 여사님이 원하시면 당연히 머리를 해드려야지, 하고 생각했어요."

유명 헤어디자이너를 선택할 만큼, 권양숙 여사는 유행에 민감한 스타일을 원했던 것 같다. 평소 유명 연예인을 친구처럼 자주 만나는 이희 원장이었지만 영부인의 머리를 손질한다는 사실에 무척이나 긴장이 되었다고 한다. 하지만 권양숙 여사가 푸근하게 대해줘 한결 편안한 마음으로 일할 수 있었다. 그녀가 영부인에게 권한 헤어스타일은 무엇이었을까?

"권양숙 여사는 몸이 가냘픈 편이 아니었기 때문에 볼륨을 살리게 되면 상대적으로 얼굴이 더 작아 보여 우아한 느낌이 날 것 같았죠. 그리고 밑에 라인이 무거워서 약간 가볍게 하면 훨씬 더 세련돼 보이실 것 같다고 말했더니, 원하는 대로 해보라고 편안하게 믿어주셨어요."

이희 원장은 권양숙 여사의 머리를 손질하면서 소녀처럼 감성적이고 정이 많은 분임을 자주 느꼈다고 한다.

"머리 하는 곳에서 창문을 열면 약수터가 있었는데 여사님께서 '아! 저 물소리 정말 좋지 않나? 새소리 좋지 않나?'고 자주 물으셨죠."

청와대에서의 마지막 날 권양숙 여사의 모습도 이희 원장은 기억하고 있었다.

"마지막 머리를 손질해드린 날, 모과를 싸주셨죠. 그러면서 저희 직원 하나하나와 기념 촬영까지 해주셨어요."

노무현 대통령뿐 아니라 부인 권양숙 여사도 인간적인 정이 많았다고 주변 사람들은 입을 모은다. 그렇기 때문에 노무현 대통령의 죽음은 정치적인 성향을 떠나 주변인들에게 더욱 안타까운 소식이었다.

임기를 마친 대통령에 대해 들려오는 여러 가지 이야기들은 주변 사람들뿐 아니라 국민들의 마음을 아프게 한다. 아무리 대통령이라 해도 자기 마음처럼 되지 않는 게 국정 운영이고, 또 그들의 인생일 것이다. 왜 우리나라에는 퇴임 후 대통령들의 불행한 뉴스가 끊이지 않는 걸까? 임기를 마친 후에도 건강한 소식으로 전 대통령들의 안부를 확인할 수 있는 날이 오기를 소망해본다.

10. 이명박 대통령의 일등 배우자
- 김윤옥 여사

이명박 대통령에게 12월 19일은 특별한 날이다. 본인의 생일이기도 하고, 결혼식을 올린 날이며, 또 대통령에 당선된 날이다. 그의 인생에 운명적인 날들이 모두 같은 날짜인 셈이다. 그 운명 중의 하나인 아내 김윤옥 여사와는 어떻게 만나게 되었을까? 학창시절 우등생이었던 그는 은사의 중매를 통해 아내를 만났다.

이명박 대통령이 어린 시절 가정 형편이 어려웠다는 사실은 잘 알려져 있다. 그는 동지상고 야간부에 진학했는데 3년 내내 전교 1등을 해서 장학금을 받아야 한다는 조건부 입학이었다. 본래 중학교까지만 마치려고 했지만 그의 성실함과 학업 능력을 높게 평가한 중학교 선생님의 간곡한 권유로 야간 고등학교에 입학하게 된 것이다.

저녁에 등교를 하기 전까지, 이명박 대통령은 새벽부터 온종일 포항 시내 구석구석을 돌며 채소를 팔았다. 그럼에도 전교 1등을 놓치지 않았다. 야간뿐 아니라 주간까지 통틀어 전교 1등이었다고 한다.

그런데 동창들의 이야기에 따르면 이명박 대통령은 수업시간에 교과서와 관련 없는 사회서적을 읽거나, 영어 성경을 보는 등 딴짓을 할 때가 많았다. 그럼에도 성적이 좋게 나오자 담임 선생님이 이명박 대통령의 아버지에게 아들이 언제 공부를 하느냐고 물었다. 아버지의 대답은 야간 수업이 끝나고 새벽 장사를 나갈 때까지 거의 밤을 새워 공부한다는 것이었다. 또 장사를 할 때도 영어 사전과 숙어 사전을 가지고 다니면서 틈만 나면 외우고 또 외웠다고 한다. 장학금을 받기 위해 꼭 전교 1등을 해야 하는 자신의 처지를 드러내고 싶지 않아서였는지는 잘 모르겠지만, 수업시간에는 공부한 티를 잘 내지 않았다.

고등학교를 졸업한 이명박 대통령은 고려대학교 상대에 진학한다. 그 후 상과대학 학생회장을 맡아 한일협정 반대 시위의 주동자가 되었고, 이로 인해 서대문 형무소에서 감옥생활을 하게 된다.

이 일로 정부의 블랙리스트에 올라 대학을 졸업한 후에도 취직을 할 수 없었던 이명박 대통령은 청와대에 편지를 보냈고, 결국 현대건설에 취직하게 된다. 항간에는 박정희 대통령이 이명박 대통령을 챙겼다는 말도 있지만 확인된 바는 없다.

현대건설에 입사한 후에는 말레이시아, 태국 국경 고속도로 건설에서 폭도들과 맞서 목숨을 걸고 금고를 지킨 것을 크게 인정받아 최연소 이사가 된다.

가난한 고학생에서 대기업 이사로 승진한 이명박 대통령. 이 모습을 지켜본 동지상고 은사인 정수영 선생님은 친한 친구의 동생인 김윤옥 여사를 이명박 대통령에게 소개한다. 김윤옥 여사는 대구에서 태어나 고등학교를 마치고 이화여대를 나온 재원이자 6남매 중 막내로, 아버지는 공무원이었다.

그런데 이명박 대통령은 맞선 보는 자리에 늦게 나와 정수영 선생님을 난처하게 만들기도 했다. 당시 현대건설 이사로 경부고속도로 건설을 맡고 있어 매우 바빴던 것이다.

맞선 자리에는 늦었지만 성실해 보이는 이명박 대통령이 김윤옥 여사의 마음에 들었고, 이명박 대통령도 푸근한 인상의 김윤옥 여사에게 호감이 갔다. 바빠서 제대로 데이트도 못 했지만 이명박 대통령이 어머니의 산소에 성묘하러 가자고 한 날 김윤옥 여사에게 청혼을 했고, 두 사람은 곧 결혼식을 올리게 되었다. 결혼식 날도 이명박 대통령은 오전 근무를 하고 식장에 왔다고 한다.

이렇게 바쁜 생활을 하다 보니 이명박 대통령은 간염에 걸리기도 했다. 그때 김윤옥 여사는 장어가 간염에 좋다는 이야기를 듣고 한탄강을 찾아 직접 장어를 잡아왔다. 당시 두 사람에게는 딸이 셋 있었는데, 김윤옥 여사는 혼자 딸 셋을 키울 자신이 없어 남편을 살리겠다는 의지가 강했다고 한다. 그런 그녀에게 강에서 장어 잡는 일쯤은 아무것도 아니었던 것이다.

김윤옥 여사의 정성 덕분인지 이명박 대통령은 완쾌되었고 CEO에서 국회의원, 서울 시장, 그리고 마침내 대통령의 자리까지 올랐다.

김윤옥 여사는 영부인이 되자 바쁜 남편 때문에 힘들었던 시간들을 다 보상받은 것 같다고 말했다. 이명박 대통령 못지않게 많은 구설수에 오르기도 했지만 "바다에는 파도가 치기 마련이고, 파도가 쳐야 바닷물에 산소가 공급되어 고기가 산다."며 꿋꿋하게 소신을 밝히기도 했다.

사진=연합뉴스

이명박 대통령과 김윤옥 여사

대통령을 지키는 사람들

대통령의 안전을 지키는 일은 국가적으로 매우 중요하다. 그래서 대통령의 안전을 책임지고 있는 경호원들의 역할이 크다. 한때 인터넷에서 화제가 되었던 대통령 경호처와 경호원들의 동영상이 있는데, 그들이 훈련하는 모습을 보면 마치 액션 영화를 보는 것 같다. 좁은 주차공간에서 90도로 회전하여 재빨리 빠져나오는 것은 물론, 한 치의 오차도 없이 보호 차량들이 서로를 비켜가는 경이로운 운전술을 보여준다. 전문 카레이서의 자동차 묘기 같은 아슬아슬한 시범을 펼치는 청와대 경호원들은 철통같은 경호 시스템을 자랑한다.

대통령 경호처는 선발부, 수행부, 검식부 등 여러 부서로 나뉘어 있다. 만약 어떤 행사에 대통령이 참석하기로 결정되면 제일 먼저 선발부 경호원들이 현장에 파견되어 행사장을 비롯하여 경호 범위에 해당되는 주변 모두를 샅샅이 점검한다.

대통령이 지나가게 될 복도의 천장은 물론, 승강기 내부까지 건물 구석구석을 철저히 살핀다. 빈틈없는 검측이 끝나면 대통령이 올 때까지 그 장소는 외부인 통제구역으로 모든 출입을 제한시킨다.

또 행사장에 반입되는 모든 물건들은 탐지견과 특수 장비로 철저히 검색한다. 이 중 가장 주의를 기울이는 것 중 하나가 바로 음식물 사전 점검이다. 음식물 점검을 맡은 검식관들은 행사장 주방으로 출동하여 모든 음식을 육안으로 점검할 뿐 아니라 직접 맛을 보며 확인한다. 또 음식의 모든 샘플을 채취, 첨단 검색 장비를 통해 음식물 성분의 과학적인 검사를 실시한다. 모든 음식이 이러한 사전 점검 과정을 거쳐야만 행사장으로 반입 가능하다.

이렇게 사전에 모든 것을 완벽히 점검해야만 대통령이 행사장에 모습을 드러낼 수 있다. 대통령 경호는 행사장 입장부터 본격적으로 시작된다. 대통령에게 일분일초도 시선을 떼지 않는 것은 물론, 행사장 안의 작은 미동도 놓치지 않고 매의 눈으로 지켜봐야 하는 것이 기본이다.

그런데 이러한 경호도 대통령의 성격과 성향에 따라 스타일이 달라진다. 민정시찰을 자주 했던 박정희, 전두환 대통령을 경호할 때에는 갑자기 잡히는 일정 때문에 여러 번 곤혹스러웠다고 한다. 하지만 또 이런 경우 대통령의 동선이 비공개로 이루어져 노출이 되지 않는 장점도 있었다.

반면 최규하 대통령은 누가 자기를 공격하겠냐며 경호를 만류하여 경호원들을 난감하게 만들기도 했다. 또 노무현 대통령은 행사장에서 예정에 없던 사람들과 악수를 하는 등, 예상치 못한 접촉이 많아 경호원들이 애를 먹었다고 한다. 이명박 대통령도 사전에 약속된 바 없는 장소로 불쑥 출동하는 일이 있어 경호원들은 늘 긴장한다고 한다.

대통령 경호 하면 가장 먼저 떠오르는 것이 대통령의 차량 행렬이다. 대통령이 타는 차량에도 많은 주의가 요구되는데, 대통령 전용차는 차체와 유리창이 방탄 기능을 갖고 있을 뿐 아니라 타이어도 특별하다. 금속 휠이 처리되어 타이어 네 개가 모두 펑크가 나더라도 100킬로미터 이상을 시속 80킬로미터로 주행할 수 있는 기능을 갖추고 있다. 어떤 돌발 상황에서도 멈추지 않고 주행할 수 있는 것이다.

대통령 전용차는 대부분 수입 외제 차량이지만 지금은 국내 자동차 회사에서도 생산하고 있다. 20밀리미터가 넘는 방탄유리를 설치, 기관총의 총알도 창문을 뚫지 못하는 성능을 갖추었다. 이 방탄차는 우리나라 방탄차 생산 실력을 입증할 뿐 아니라, 외국산 방탄차를 대체할 날을 손꼽게 만든다.

대통령은 어디로 휴가를 떠날까?

대통령도 휴가를 갈까? 정답은 '간다' 이다. 우리나라 대통령도 일반 직장인처럼 휴가를 가며, 휴가기간도 직장인들과 비슷하다. 최대 일주일을 넘지 않는다. 미국 대통령이 한 달, 그리고 유럽 정상들이 2, 3주 정도 휴가를 떠나는 것에 비해 짧은 편이다. 우리나라 대통령들은 어디로 휴가를 갈까?

역대 대통령들이 가장 많이 떠났던 휴가 장소는 청남대라는 대통령 전용 별장이다. 이곳은 노무현 대통령 때 충청북도에 반납되어 지금은 일반인도 그 안을 구경할 수 있다. 청남대는 따뜻한 남쪽의 청와대라는 뜻으로 충북 청원군 대청호 호숫가에 위치해 있다.

전두환 대통령이 대청댐에 시찰을 나온 적이 있었는데, 주위 경관이 좋아 이곳에 대통령의 별장을 짓게 했다고 한다. 청남대는 대청호에 둘러싸여, 주위 경관이 좋을 뿐 아니라 낚시터, 골프장, 수영장, 테니스장, 헬기장까지 있어 대통령이 휴가를 즐기기에 안성맞춤이다.

김영삼 대통령은 청남대에 손자 손녀를 위해 놀이터를 설치하고 조깅코스까지 만들었다. 김대중 대통령은 불편한 다리 때문에 엘리베이터를 설치하기도 했다. 대통령의 취미나 형편에 따라 청남대도 조금씩 수리를 했던 것이다. 그만큼 역대 대통령들의 청남대에 대한 애정은 각별한 편이었다.

청남대 이전에는 대통령들이 휴가 때, 청해대라는 별장을 많이 이용했다. 경남 거제시 장목면 저도에 있는 청해대는 1954년 이승만 대통령 때부터 사용한 별장이다. 청해대는 골프장과 산책로, 그리고 인공 해수욕장이 조성되어 있어 대통령이 휴가를 즐기기에 좋다. 박정희 대통령도 이곳에서 휴가를 즐기는 것을 좋아했는데, 아무 거리낌 없이 수영복 차림으로 수영을 하곤 했다. 긴장감을 풀고 자유로운 모습을 보여준 박정희 대통령은 따라온 기자들에게 고기를 직접 구워주기도 했다.

청해대는 1972년부터 대통령의 공식 별장이었는데 김영삼 대통령이 이를 해제시켜 지금은 국방부가 군 휴양시설로 이용하고 있다.

경호가 쉽지 않은 대통령들은 전용 별장을 많이 이용했지만, 일반 호텔이나 리조트를 찾기도 한다.

노무현 대통령은 재임 시, 전용 별장을 없앴기 때문에 휴가를 군 휴양소에서 보내거나 용평 리조트를 자주 찾았다. 이곳 풀밭에서 4륜 오토바이를 타고 어린아이 같이 웃는 모습이 사진으로 찍혀 공개되기도 했다.

노무현 대통령뿐 아니라 전두환, 노태우 대통령도 용평 리조트를 많이 찾았는데, 이곳이 대통령들에게 인기가 좋은 이유는 우선 교통이 편리하고 해발 700미터라 여름에도 열대야 없이 지낼 수 있는 곳이기 때문이다. 또 여름에는 스키장 대신 골프장으로 이용되기 때문에 더욱 인기가 좋다. 무엇보다 독립 건물로 되어 있어 일반인들에게 노출이 잘 안 되는 것이 장점이다.

그런데 우리나라 대통령들은 재임기간 중 휴가를 가지기는 하지만 미국이나 유럽 대통령들처럼 푹 쉬고 오지는 않는다. 휴가 때 정책 구상이나, 연설문을 작성하는 일이 많기 때문이다. 김영삼 대통령도 휴가를 가서 금융실명제 단행을 결심했고, 이명박 대통령도 휴가를 가서 8.15 광복절 기념행사 연설문을 작성했다.

대통령도 사람이니 쉴 때 푹 쉬어야 능률이 오를 텐데, 역시 대통령도 대한민국 직장인들과 다를 바 없나 보다. 휴가 가서도 회사에서 혹시 연락이 올까 봐 휴대폰을 끄지 못하는 게, 우리나라 직장인들의 현주소이기 때문이다.

취재를 마치며

대선을 앞둔 시점에서 우리는 대통령에 대한 취재를 결심했다. 뉴스에 나와서 국정 연설을 하고, 시찰을 돌며 악수를 나누는 행사에 참여한 대통령의 의례적인 모습이 아닌 인간적인 대통령의 모습을 취재하고자 했다. 하지만 대통령을 직접 만나 취재하기에는 여러 난관이 있었다. 이미 세상을 떠난 대통령도 있었고, 불미스러운 일로 언론 노출을 하지 않는 것이 우리나라 대통령들의 현주소였기 때문이다.

그래서 우리는 청와대 안에서의 모습, 그들의 생활사를 통해 인간적인 대통령의 모습을 취재하기로 결정했다.

취재를 앞두고 거리의 시민을 만나본 결과, 그들은 대통령의 생활 모습에 대해 많은 궁금증을 갖고 있었다. 또 조선시대 임금님처럼 대통령은 일반인과는 다른 호화스러운 생활을 하고 있을 것으로 추측하고 있었다.

일반 시민들과 마찬가지로 처음 취재에 나선 취재진도 그랬다. 뭔가 특별한 것이 있으리라는 기대 때문에 프로그램을 기획하고 취재에 나선 것이다. 하지만 청와대에서 근무했던 요리사들을 직접 만나보고, 주변 사람들의 증언을 통해 본 결과, 그들의 생활은 우리네 의식주와 별 다를 바가 없었다.

청와대 밥상만 들여다봐도 희귀한 재료의 진수성찬이 아닌 어린 시절부터 즐겨 먹었던 비름나물이나 콩나물국 같은 것이 올라갔다. 과연 이것을 방송할 수 있을까 의구심마저 들었다.

일류 호텔 출신 주방장에, 마음대로 먹고 싶은 것을 먹을 수 있는 대통령인데 왜 우리의 기대와 다를까? 그것은 마음대로 할 수 있어도 마음대로 하지 못하는 게 대통령이기 때문이다.

대통령의 건강이 곧 나라의 건강이다! 먹고 싶은 음식을 실컷 먹었다가 건강을 해치면 안 되는 게 대통령의 자리다. 그리고 IMF 사태가 터지는 등 나라가 어려운 상황에서 혼자만 좋은 음식을 먹을 수 없는 게 대통령의 입장이었다.

대통령은 마음껏 먹을 수도 없었지만 마음껏 잘 수도 없었다. 아무리 늦게 일어나도 오전 6시 이전에는 일어나서 운동을 하거나 신문을 읽으며 하루를 일찌감치 열었다. 그만큼 해야 할 일이 많았고 자기 관리도 철저히 해야 했던 것이다.

밥상 취재에 이어 의복에 대한 취재도 했다. 그들은 어떤 옷을 입었을까? 물론 좋은 옷을 입은 대통령도 입지만 여러 번 옷을 수선해 입고, 심지어 구멍이 뻥뻥 뚫어진 것을 기워 입는 대통령과 영부인도 있었다. 나라 살림이 어려울 때 솔선수범해야 하는 것도 대통령이었기 때문이다. 생각보다 검소하고 생각보다 고달픈 대통령들의 생활사!

최고 권력자이면서도 마음껏 누리는 생활을 하지 못한 것은, 권력만큼 그들의 책임감이 컸기 때문이었으리라! 또한 어려운 결정을 내려야 하는 대통령이라는 위치에서 이것저것을 누릴 마음의 여유도 없었다. 그래서 어느 퇴임한 대통령은 이렇게 고백한다.

"하루하루가 고뇌의 나날이었습니다. 중요한 결단을 할 때마다 무거운 책임감으로 더할 수 없는 고독을 느껴야만 했습니다."

이런 고민의 흔적들은 그들이 밤새 피운 담배꽁초들의 흔적에서, 또 아무리 좋은 음식을 차려줘도 몇 수저를 들지 못했다는 주변 사람들의 증언에서 엿볼 수 있었다. 대통령 역시도 국정 운영이라는 큰 과제 앞에서 소심해지고 실수도 하는 보통 사람이었던 것이다.

퇴임 후 아무런 메시지를 전하지 않고 떠난 대통령도 있었지만 전두환 대통령과 김영삼 대통령처럼 임기를 마치고 대통령직에 대한 감회를 밝힌 경우도 있다.

전두환 대통령은 퇴임 후, "대통령직은 몹시 위험한 자리다."라고 소견을 말했다. 어느 누구도 제동을 걸지 않고, 대통령이 잘못 생각해도 그 뜻이 시행될 수도 있는 자리이기 때문이다. 군사정권 시절, 대통령의 권한이 무한대였기 때문에 그 역시도 권력에 대한 욕심을 떨쳐버리기가 어려웠던 모양이다.

반면 김영삼 대통령은 "자신은 대통령에 대해 오분의 일밖에 알지 못했다."라고 말한다. 오랫동안 대통령이 된다는 가정하에 많은 구상을 해왔지만, 막상 대통령직을 수행하다 보니 모르는 게 너무 많았다는 것이다. 그리고 그는 대통령이었을 때, 무척 외로웠다고 한다. 낮에는 많은 사람들이 청와대를 들락날락하지만 저녁이 되면, 부인과 자신만 남기 때문이었다. 그래서 그는 자신의 대통령 재임기간을 이렇게 정리한다.

"일생에서 영욕이 점철된 대통령 자리였지만 영광의 시기는 짧았고 고뇌의 시간은 길었다."

다른 대통령 역시도 마찬가지이지 않았을까? 대통령이 되기 위해 목숨을 건 사람도 있었고 오랜 정치 생활을 하며 갖은 고난을 견디어야 했던 이들도 있었다. 하지만 최고 권력만큼 주어지는 막중한 책임감이 그들을 고민에 빠지게 하고, 외로움에 떨게 했을 것이다. 또 그렇기에 대통령직에서 물러난 허탈함 또한 컸으리라 짐작된다.

우리나라에 대통령직이 도입된 지가 60여 년이다. 하지만 우리는 퇴임 후 그리 행복한 대통령을 만나지 못했다. 대통령이 되기 전이나 재임기간 동안 잘못한 일들이 퇴임 직후에 터져 불행을 겪는 대통령이 많다. 재임기간에도 국정운영을 잘 해야겠지만, 퇴임 후에도 웃는 얼굴로, 국민들에게 떳떳이 나설 수 있는 대통령! 우리가 진정 원하는 대통령이 아닐까?

이제 우리는 새 대통령을 맞는다. 기대감도 크지만 그 역시도 다른 대통령처럼 시행착오를 겪을 것이고 비판도 받을 것이다. 그렇지만 그를 격려하는 이들이 있을 때 그들은 실수를 만회할 힘을 얻지 않을까? 유독 대통령들이 청와대에서 어머니가 차려준 음식들을 그리워하고 찾았던 것은 그만큼 그들은 고독한 청와대 생활에서 따뜻한 사랑과 정이 필요했었기 때문이었다.

몇 달에 걸쳐 취재한 대통령의 생활사! 이를 통해 우리는 대통령의 희로애락을 발견했고, 그들 역시 우리와 마찬가지로 감정을 가지고 자신의 위치에서 열심히 일하고 있었음을 알 수 있었다. 대통령직도 하나의 직업이며, 대통령들 역시 그 직장 안에서 최선을 다하며 살았던 것이다.

이번 취재를 통해 거리감이 많았던 대통령과 국민들의 사이가 좀 더 가까워지기를 진정 바라며 취재 노트를 접는다.